长安好诗三万里

三万里

闻一多
胡适
浦江清 著

苏州新闻出版集团
古吴轩出版社

图书在版编目（CIP）数据

长安好诗三万里 / 闻一多，胡适，浦江清著. -- 苏
州：古吴轩出版社，2024.5
ISBN 978-7-5546-2339-8

Ⅰ. ①长… Ⅱ. ①闻… ②胡… ③浦… Ⅲ. ①唐诗－
诗歌研究 Ⅳ. ①I207.22

中国国家版本馆CIP数据核字（2024）第079934号

责任编辑： 顾　熙
见习编辑： 张　君
策　　划： 莫　莫　牛宏岩
装帧设计： 厽　玖

书　　名：长安好诗三万里
著　　者： 闻一多　胡　适　浦江清
出版发行： 苏州新闻出版集团
　　　　　　古吴轩出版社
　　　　　地址：苏州市八达街118号苏州新闻大厦30F
　　　　　电话：0512-65233679　　　邮编：215123
出 版 人： 王乐飞
印　　刷： 天宇万达印刷有限公司
开　　本： 880mm×1230mm　　1/32
印　　张： 7
字　　数： 122千字
版　　次： 2024年5月第1版
印　　次： 2024年5月第1次印刷
书　　号： ISBN 978-7-5546-2339-8
定　　价： 49.80元

如有印装质量问题，请与印刷厂联系。0318-5695320

唐代诗歌兴盛之原因

浦江清

诗源于歌，徒歌为歌谣，乐歌是乐曲。后来分道扬镳。汉魏南北朝，歌曲称乐府，吟诵的称诗。

唐代诗歌最盛。计有功《唐诗纪事》采录诗人1150家，《全唐诗》900卷，采录2300余家，48900余首，也还有遗佚。其中90%以上，只是吟诵的诗，不是歌曲。虽然题目用乐府歌引，并不真的入乐。无论乐府古题，或如白居易的新乐府，都不入乐歌唱，不过假定可以作歌曲而已。南北朝的乐府对于唐诗很有影响，唐诗中普遍的题材是闺怨及边塞。情诗与战争诗，这些内容是南北朝乐府的题材。尤其是初唐，盛唐以后，距离就远了。

唐代是中国诗歌的黄金时代，至其所以诗独盛的原因，可有数端。

（一）君王提倡

太宗、高宗、武后、玄宗、德宗、宪宗、穆宗、文宗、昭宗，莫不好诗。太宗偶好宫体诗，令文士修撰《晋书》，自为陆机、王羲之作传论。高宗朝升擢诗人上官仪。又恐于此时试进士，加试杂文（杂文为诗赋）。武后时常宴群臣赋诗，使上官婉儿品第甲乙赐金爵。玄宗朝以李白供奉翰林，王维以一诗免谴。又设左右教坊，梨园子弟习俗乐，采诗入大曲中歌唱。德宗朝知制诰缺出，曰：与韩翃。时有二韩翃，一为诗人，一为江淮刺史。德宗曰：与"春城无处不飞花"的韩翃。

（二）科举试诗

隋文帝始举秀才，炀帝始设进士科，唐初因之。《唐文典》，唐代选举六科：（1）秀才；（2）明经；（3）进士；（4）明法；（5）书；（6）算。其中秀才科立格最高，常停。唯"明经""进士"两科为士众所趋。进士科试诗赋时务策五道，帖一大经。（《玉海》引唐《选举志》）唯唐初进士科尚未试诗赋，可能在高宗时增入，称"杂文"，进士科要亦以时务策帖经为主。试诗始于何时不可考，唯《文苑英华》卷一八六收王维《清如玉壶冰》诗，注云"京兆府试，时维年十九"（今《全唐诗》本同），维年十九时开元七年（719）也。《唐诗纪事》：祖咏试《终南望余雪》诗，在开元十二年。以后终唐不废。试诗四韵、六韵、八韵不等。开元二十五年，敕：进士以声韵为学，多昧古今；明经以帖诵为功，罕穷旨趣。自今明经问大义十条，对时务策三道；进士试大经十帖（见《通鉴纲目》，唐时以《左氏传》为大经）。知明经、进士两科所试略同，唯明经无诗赋，进士有诗赋。唐代才人所趋在进士科。进士之在政治上获得地位，从武后朝始。唐代与南北朝九品中正之选举法不同，高门、寒门的阶级观念已打破。

这里有两点值得指出：

（1）考试用诗，所以诗为一般知识分子所学习。蒙童都要学诗。元白书信文集序中提及，村塾教师以元白诗训蒙童。诗成为文人的普通素养，甚至方外道流、女子都能诗。

（2）进士制度，可以使社会各阶层有平等的上进机会。六朝重门第，唐代诗人很多不出高门，很多少时贫困的。

不出高门的，如陈子昂、李白。富厚家庭子弟。

贫苦的，如岑参、韩愈（刻苦为学）、孟郊、贾岛。

落魄不羁的，如高适。

名门之后，但父亲做小官（县令之流）的，如元稹、杜甫、白居易。

隐士，如孟浩然、皮日休、陆龟蒙。

进士来自各阶层，生活经验丰富。中进士以后他们也未必得高官厚禄，做校书郎、拾遗、县令、刺史各处流转。天下大，到处跑。所以唐诗内容，比南北朝丰富。

（三）以诗入乐府歌曲

南北朝诗人多作乐府歌曲。唐代诗人作乐府古题者极多，唯不入乐。玄宗开元二年，以雅俗乐均隶太常为不合，因置左右教坊，以教俗乐，又选乐工、宫女数百人，自教之，谓之皇帝梨园弟子。唐代大曲如《甘州》《凉州》皆采绝句入遍数中歌唱。《集异记》记王昌龄、高适、王之涣三诗人"旗亭画壁故事"。（三人不得志，时在长安，下雪，在旗亭喝酒，闻隔壁歌唱。三人才名相当，乃打赌看唱谁的诗多。昌龄、高适诗均已唱过，唯未听唱之涣诗。情急之下，之涣表示，再无人唱，自认输；如唱了，你二人要甘拜下风。果然，一最出色之红衣女子唱之涣"黄河远上白云间"，三人大笑。闻笑声，得知三个才子，歌女请他们喝酒。）此乃小说，①三人虽同时，而踪迹难合；②高适一诗，竟是悼亡诗，不宜歌唱。要之，此三人之诗，被采入大曲中歌唱，为伶官歌伎所习，则为事实也。王维《送元二使安西》"渭城朝雨浥轻尘，客舍青青柳色新。劝君更尽一杯酒，西出阳关无故人"入乐为《阳关曲》传唱。又"红豆生南国，春来发几枝？愿君多采撷，此物最相思"（《相思》）。李龟年奔泊江潭曾于湘中采访使筵上唱之。"清风明月苦相思，荡子从戎十载余。征人去日殷勤嘱，归雁来时数附书。"（《伊州歌》）此亦王维诗为梨园所习唱。又玄宗曾登楼听伶人唱李峤《汾阴行》之最后四句，叹曰：李峤真才子也。又元微之诗入禁中，宫中称为元才子。元白诗歌诵于贩夫走卒之口。李白《清平调》不可信，唯彼有《宫中行乐词》八首入管弦者。《宫中行乐词》八首皆五律，气格比《清平调词》三首为高。《清平调词》见乐史所撰《李翰林别集序》，伪作也。霍小玉与李益初有交情时，介绍人介绍他的"开门复动竹，疑是故人来"（《竹窗闻风寄苗发司空曙》）。中唐以后，白、刘、温、皇甫松等均作《柳枝词》《杨柳枝词》《浪淘沙》歌词，为诗词之过渡。宋代歌曲则均用长短句，不以诗为乐府矣。

（四）行卷之风甚盛

四方文士集京师者以诗文行卷投谒前辈势要，以诗文为政治上进身之阶而邀才名。如陈子昂"挟文百轴，驰走京毂"。李白以《蜀道难》示贺知章。白居易以诗文谒顾况。况曰：长安居大不易。后念其诗，觉甚好，才对他客气。

（五）朋友赠答，均以诗

诗为投赠送别应酬之具。和韵、赠答、唱和。元白、韩孟、皮陆间交往尤多。题壁诗风行。邮亭驿壁，到处通行。

僧道亦多能诗者。当时风气如此。

（六）外来音乐的影响

唐诗声调好，还因有外来音乐加入进来。唐代音乐极发达，有外国音乐输入。琵琶、箫、笛，或采胡曲。《甘州》《凉州》，皆为乐府，时有新曲。其流行曲调之词，以七绝为多。羯鼓在唐时也有百数十曲子。日本正仓院有唐代琵琶，很讲究。

音乐的发达也促进了唐诗的发达。

因唐代诗人多，诗的标准高，民间作品反被湮没，不传于后。如汉魏南北朝有乐府民歌保存到今，唐代此方面材料反少。所传于今者皆文人作品。当时文学普遍，士人皆由进士科进身为最大原因也。

目录

CONTENTS

自称『五斗』，因为非常爱喝酒

他热爱自由，性情旷达，一言不合就『提离职』；他因爱喝酒，嗜酒如命，故称自己是『五斗先生』；他写诗奇好，创作了大唐早期具有代表性的五言律诗《野望》。从『神仙童子』到『无功酒仙』，他是一位努力将自己边缘化的『逃跑冠军』！

王绩

闻一多

王绩的诗可说是渊源于陶渊明的。

陶渊明何以在文学史上有如此大的势力，值得仔细研究。凡是大作家必然有他特殊的风格，文学风格的形成，在于反映时代和作家个人的生活态度。大家的风格，看似独创，其实是表现了前人未有的生活态度，这并不是创新，而是从遗产中选择合于个性的接受过来，再加入个人的生活经验，便形成所谓特殊风格。陶渊明是门阀中衰时代的诗人，所以他把诗的题材内容由歌舞声色改换为自然景色的歌咏。当时门阀贵族并未全倒，他们的生活态度和艺术趣味还支配着那个时代，因之陶诗便不被时人所看重，他走的路跳过了同时代人几百年，非等到白香山（居易）、苏东坡（轼）出来，不足以看出他的价值。也就是说，只有等到门阀贵族全部倒掉，一般人的生活态度改变，反映这种生活态度的诗的风格也有了改变，然后才看出陶渊明是诗坛的先知先觉者。这正如中唐以后，士风大变，大部分读书人为了生活出家为僧，便产生了歌颂僧侣生活的诗歌，贾岛应运而生，不是很自然的事吗。

陶渊明死后，他那种诗的风格几乎断绝，到王绩才算有了适当的继承人。在王绩那个时代（隋末唐初），流行的诗风一面是病态的唯美主义，如陈子良、上官仪等人的作品；一面是有些人为功名而作诗，如虞世南、李百药等人作诗的态度。当时只有王绩一个人是退居局外，两条路都不走，独树一帜，这似乎是出于傲世。王绩兄即文中子王通，也是独行其志的学者，专心学孔夫子，在龙门讲学，唐初功臣房玄龄、杜如晦都是他门下的高足。王绩的另一兄弟王度，曾作《古镜记》，内容在当时也算是影射李唐的"反动"作品。可见王氏兄弟是一股劲儿以遗民自居，这也是六朝士大夫的生活态度，因此他们都终于贫贱，默默无闻，后来的《唐书》甚至没有为王通立传，这就是王绩的家庭情况。他的思想似乎和这个家庭环境有关，王绩自己的那首《野望》诗，尽管也具有和李唐对立的思想，不过就整个时代来看，仍不愧是初唐的第一首好诗。

> 东皋薄暮望，徙倚欲何依。
> 树树皆秋色，山山唯落晖。
> 牧童驱犊返，猎马带禽归。
> 相顾无相识，长歌怀采薇。

此诗得陶诗之神，而摆脱了它的古风形式，应该说是唐代五律的开新之作，自然处渊明亦当让步。王绩的侄孙王勃曾写过一首五绝《山中》，有两句是"况属高风晚，山山黄叶飞"，炼句取意，都可看出是受了叔祖《野望》诗的影响。

在陶渊明以前，疏野的诗很少见，《诗经》、"汉乐府"之美，在粗野质朴，而不是疏野。

陶渊明是以士大夫身份乔扮作农夫，对农民生活作趣味的欣赏，拿审美的态度来看它，正如城里人下乡，见乡村生活有趣，于是模仿起来，比原来实际的乡村生活更显得新奇可爱。这种审美观念是纯粹的主观成分，把一切实用观点摆开，而陶渊明能够长期保持这种欣赏的生活态度，因而难得。陶诗的特点在于诗人对大自然长久作有趣的看法、天真的看法，表现出一种小孩儿似的思想感情。王绩就是继承了陶诗这一嫡系真传。

从现有记载来看，王绩被当代人所称道，只有韩昌黎（愈）在《送王含秀才序》中曾提到他的《醉乡记》（仿陶渊明《五柳先生传》又别有《五斗先生传》，因绩曾官五斗学士，都是仿陶作品，由此可看出陶渊明对王绩的影响），此外，白香山在《九日醉吟》中有两句：

无过学王绩，惟以醉为乡。

据此推断，王绩被人重视，当从中唐开始。真的，要没有中唐人那种深邃的生活经验，是不容易了解和欣赏王绩的。事实上，在初唐那些后于王绩的年轻诗人中，也不是完全没有人模仿过他，不过由于时代潮流所趋，还没有人明目张胆地赞扬他而已。如刘希夷的《故园置酒》：

旧里多青草，新知尽白头。
风前灯易灭，川上月难留。
卒卒周姬旦，栖栖鲁孔丘。

平生能几日，不及且遨游。

　　这首诗的主题和字面显然都是从王绩的《赠程处士》一诗蜕化而来，那首原诗是：

　　百年长扰扰，万事悉悠悠。

　　日光随意落，河水任情流。

　　礼乐囚姬旦，诗书缚孔丘。

　　不如高枕上，时取醉消愁。

　　把两首诗对照来看，说当时绝对无人受王绩的影响，倒也是不尽然的。

理想有多浪漫，结局就有多『骨感』

一个总是举止另类，富有才华却惹祸多；一个总想着征战沙场，一身正气，却蹉跎一生；一个总不想活着，抗争不过，故只能『躺平』；一个总想着造反，拼搏多年，却把自己拼没了。

四杰

闻一多

继承北朝系统而立国的唐朝的最初五十年代，本是一个尚质的时期，王、杨、卢、骆都是文章家。"四杰"这徽号，如果不是专为评文而设的，至少它的主要意义是指他们的赋和四六文。谈诗而称"四杰"，虽是很早的事，究竟只能算借用。是借用，就难免有"削足适履"和"挂一漏万"的毛病了。

按通常的了解，诗中的"四杰"是唐诗开创期中负起了时代使命的四位作家，他们都年少而才高，官小而名大，行为都相当浪漫，遭遇尤其悲惨（四人中三人死于非命）——因为行为浪漫，所以受尽了人间的唾骂；因为遭遇悲惨，所以也赢得了不少的同情。依这样一个概括，简明，也就是肤廓的了解，"四杰"这徽号是满可以适用的，但这也就是它的适用性的最大限度。超过了这限度，假如我们还问到：这四人集团中每个单元的个别情形和相互关系，尤其他们在唐诗发展的路线网里，究竟代表着哪一条或数条线和这线在网的整个体系中所担负的任务——假如问到这些方面，"四杰"这徽号的功用与适合性，马上就成问题了。因为诗中的"四杰"，并非一个单纯的、统一的宗派，而是一个大宗中包孕着两个小宗；而两小宗之间，同点恐怕还不如异点多。因之，在讨论问题时，"四杰"这名词所能给我们的方便，恐怕也不如纠葛多。数字是个很方便的东西，也是个很麻烦的东西。既在某一观点下凑成了一个数目，就不能由你在另一观点下随便拆开它。不能拆开，又不能废弃它，所以就麻烦了。"四杰"这徽号，我们不能，也不想废弃，可是我承认我是抱着"息事宁人"的苦衷来接受它的。

"四杰"无论在人的方面，或诗的方面，都天然形成两组或两派。先从人的方面讲起。

将四人的姓氏排成"王、杨、卢、骆"这特定的顺序，据说寓有品第文章的意义，这是我们熟知的事实。

但除这人为的顺序外，好像还有一个自然的顺序，也常被人采用——那便是序齿的顺序。我们疑心张说（yuè）《赠大尉裴公神道碑》"在选曹见骆宾王、卢照邻、王勃、杨炯"和郗云卿《骆丞集序》"与卢照邻、王勃、杨炯文词齐名"，乃至杜诗"纵使卢王操翰墨"等语中的顺序，都属于这一类。严格的序齿应该是卢、骆、王、杨，其间卢、骆一组，王、杨一组，前者比后者平均大了十岁的光景。然则卢、骆的顺序，在上揭张、郗二文里为什么都颠倒了呢？郗序是为了行文的方便，不用讲。张碑，我想是为了心理的缘故，因为骆与裴（行俭）交情特别深，为裴作碑，自然首先想起骆来。也许骆赴选曹本在先，所以裴也先见到他。果然如此，则先骆后卢，是采用了另一事实作标准。但无论依哪个标准说，要紧的还是在张、郗两文里，前二人（骆、卢）与后二人（王、杨）之间的一道鸿沟（即平均十岁左右的差别）依然存在。所以即使张碑完全用的另一事实——赴选的先后作为标准，我们依然可以说，王、杨赴选在卢、骆之后，也正说明了他们年龄小了许多。实在，卢、骆与王、杨简直可算作两辈子人。据《唐会要》卷八十二，显庆三年（658），诏征太白山人孙思邈入京，卢照邻、宋令文、孟诜皆执师赀之礼。令文是宋之问的父亲，而之问是杨炯同僚的好友。卢与之问的父亲同辈，而杨与之问本人同辈，那么卢与杨岂不是不能同辈了吗？明白了这一层，杨炯所谓"愧在卢前，耻居王后"，便有了确解。杨年纪比卢小得多，名字反在卢前，有愧不敢当之感，所以说"愧在卢前"。反之，他与王多分是同年，名字在王后，说"耻居王后"，正是不甘心的意思。

比年龄的距离更重要的一点，便是性格的差异。在性格上，"四杰"也天然形成两种类型：卢、骆一类，王、杨一类。诚然，四人都是历史上著名的"浮躁浅露"不能"致远"的殷鉴；每人"丑行"的事例，都被谨慎地保存在史乘里了，这里也毋庸赘述。但所谓"浮躁浅露"者，也有程度深浅的不同。杨炯，据裴行俭说，比较"沉静"。其实，王勃除擅杀官奴那不幸事件外（杀奴在当时社会上并非一件太不平常的事），也不能算过分的"浮躁"。一个人在短短二十八年的生命里，已经完成了这样多方面的一大堆著述：《舟中纂序》五卷，《周易发挥》五卷，《次论语》十卷，《汉书指瑕》十卷，《大唐千岁历》若干卷，《黄帝八十一难经注》若干卷，《合论》十卷，《续文中子书序诗序》若干篇，《玄经传》若干卷，《文集》三十卷。

能够浮躁到哪里去呢？同王勃一样，杨炯也是文人而兼有学者倾向的，这满可以从他的《天文大象赋》和《驳孙茂道、苏知几冕服议》中看出。由此看来，王、杨的性格确乎相近。相应的，卢、骆也同属于另一类型，一种在某项观点下真可目为"浮躁"的类型。久历边塞而屡次下狱的博徒革命家骆宾王不用讲了，看《穷鱼赋》和《狱中学骚体》，卢照邻也不像是一个安分的分子。骆宾王在《艳情代郭氏答卢照邻》里，便控告过他的薄幸。然而按骆宾王自己的口供：

但使封侯龙额贵，讵随中妇凤楼寒？

他原也是在英雄气概的烟幕下实行薄幸而已。看《忆蜀地佳人》一类诗，他并没有少给自己制造薄幸的机会。在这类事上，卢、骆恐怕还是一丘之貉。最后，卢照邻那悲剧型的自杀和骆宾王的慷慨就义，不也还是一样？同是用不平凡的方式自动地结束了不平凡的一生，只是一悱恻、一悲壮，各有各的姿态罢了。

这几乎是不可避免的发展：由年龄的两辈和性格的两类型，到友谊的两个集团。果然，卢、骆二人交情，可凭骆的《艳情代郭氏答卢照邻》诗来坐实；而王、杨的契合，则有王的《秋日饯别序》和杨的《王勃集序》可证。反之，卢或骆与王或杨之间，就看不出这样紧凑的关系来。就现存各家集中所可考见的说，卢、王有两首同题分韵的诗，卢、杨有一首同题同韵的诗，可见他们两辈人确乎在文酒之会中常常见面。可是太深的交情，恐怕谈不到。他们绝少在作品里互相提到彼此的名字，有之，只杨在《王勃集序》中说到一次"薛令公朝右文宗，托末契而推一变；卢照邻人间才杰，览清规而辍九攻"，这反足以证明卢、骆与王、杨属于两个壁垒——虽则是两个对立而仍不失为友军的壁垒。

于是，我们便可谈到他们——卢、骆与王、杨——另一方面的不同了。年龄的不同辈、性格的不同类型、友谊的不同集团和作风的不同派，这些不也正是一贯的现象吗？其实，不待知道"人"方面的不同，我们早就应该发觉"诗"方面的不同了。假如不受传统名词的蒙蔽，我们早就该惊讶，为什么还非维持这"四"字不可，而不仿"前七子""后七子"的例，称卢、骆为"前二杰"，王、杨为"后二杰"？难道那许多迹象，还不足以证明他们两派的不同吗？

首先，卢、骆擅长七言歌行，王、杨专工五律，这是两派选择形式的不同。当然卢、骆也作五律，甚至大部分篇什还是五律；而王、杨一派中至少王勃也有些歌行流传下来，但他们的长处绝不在这些方面。像卢集中的：

风摇十洲影，日乱九江文。(《赠李荣道士》)
川光摇水箭，山气上云梯。(《山庄休沐》)

和骆集中这样的发端：

故人无与晤，安步陟山椒。(《冬日野望》)

在那贫乏的时代，何尝不是些夺目的珍宝？无奈这些有句无章的篇什，除声调的成功外，还是没有超过齐梁的水准。骆比较有些"完璧"，如《在狱咏蝉》之类，可是又略无警策。同样，王的歌行，除《滕王阁歌》外，也毫不足观。便说《滕王阁歌》和他那典丽凝重与凄情流动的五律比起来，又算得了什么呢！

杜甫《戏为六绝句》第三首说"纵使卢王操翰墨，劣于汉魏近《风》《骚》"。这里是以"卢"代表卢、骆，"王"

代表王、杨，大概不成问题。至于"劣于汉魏近《风》《骚》"，假如可以解作王、杨"劣于汉魏"，卢、骆"近《风》《骚》"，倒也有它的妙处，因为卢、骆那用赋的手法写成的粗线条的宫体诗，确乎是《风》《骚》的余响；而王、杨的五言，虽不及汉魏，却越过齐梁，直接上晋宋了。这未必是杜诗的原意，但我们不妨借它的启示来阐明一个真理。

卢、骆与王、杨选择形式不同，是由于他们两派的使命不同。卢、骆的歌行，是用铺张扬厉的赋法膨胀过了的乐府新曲，而乐府新曲又是宫体诗的一种新发展，所以卢、骆实际上是宫体诗的改造者。他们都曾经是两京和成都市中的轻薄子，他们的使命是以市井的放纵改造宫廷的堕落，以大胆代替羞怯，以自由代替局缩，所以他们的歌声需要大开大合的节奏，他们必须以赋为诗。正如宫体诗在卢、骆手里是由宫廷走到市井，五律到王、杨的时代是从台阁移至江山与塞漠。台阁上只有仪式的应制，有"绨（chī）句绘章，揣合低印（áng）"。到了江山与塞漠，才有低回与怅惘、严肃与激昂，例如王的《别薛升华》《送杜少府之任蜀州》和杨的《从军行》《紫骝马》一类的抒情诗。抒情的形式，本无须太长，五言八句似乎恰到好处。前乎王、杨，尤其应制的作品，五言长律用得还相当多。这是该注意的！五言八句的五律，到王、杨才正式定型，同时完整的真正唐音的抒情诗也是这时才出现的。

将卢、骆与王、杨对照着看，真是一个说不尽的话题。我在旁处曾说明过从卢、骆到刘（希夷）、张（若虚）是一贯的发展，现在还要点醒，王、杨与沈、宋也是一脉相承。李商隐早无意地道着了秘密：

> 沈宋裁辞矜变律，王杨落笔得良朋。
>
> 当时自谓宗师妙，今日惟观属对能。（《漫成五章·其一》）

以沈、宋与王、杨并举，实在是最自然、最合理的看法。"律"之"变"，本来在王、杨手里已经完成了，而沈、宋也是"落笔得良朋"的妙手。并且我们已经提过，杨炯和宋之问是好朋友。如果我们再知道他们是好到如之问《祭杨盈川文》所说的那程度，我们便更能了然于王、杨与沈、宋所以是一脉相承之故。老实说，就奠定五律基础的观点看，王、杨与沈、宋未尝不可视为一个集团，因此也有资格承受"四杰"的徽号；而卢、骆与刘、张也同样有理由，在改良宫体诗的观点下，被称为另一组"四杰"。一定要墨守着先入为主的传统观点，只看见"王、杨、卢、骆"之为"四杰"，而抹煞了一切其他的观点，那只是拘泥、顽冥，甘心上传统名词的当罢了。

将卢、骆与王、杨分别地划归了刘、张与沈、宋两个集团后，再比较一下刘、张与沈、宋在唐诗中的地位，便也更能了解卢、骆与王、杨的地位了。五律无疑是唐诗最主要的形式，在那时人心目中，五律才是诗的正宗。沈、宋之被人推重，理由便在此。按时人安排的顺序，王、杨的名字列在卢、骆之上，也正因他们的贡献在五律。何况王、杨的五律是完全成熟了的五律，而卢、骆的歌行还不免于草率、粗俗的"轻薄为文"呢？论内在价值，当然王、杨比卢、骆高。然而，我们不要忘记卢、骆曾用以毒攻毒的手段，凭他们那新式宫体诗，一举摧毁了旧式的"江左余风"的宫体诗，因而给歌行芟除了芜秽，开出一条坦途来。若没有卢、骆，哪会有刘、张，哪会有《长恨歌》《琵琶行》《连昌宫词》和《秦妇吟》，甚至于李、杜、高、岑呢？看来，在文学史上，卢、骆的功绩并不亚于王、杨。后者是建设，前者是破坏，他们各有各的使命。负破坏使命的，本身就得牺牲，所以失败就是他们的成功。人们都以成败论事，我却愿向失败的英雄们多寄予点同情。

砸开一条长安道，成就『诗骨』之路

他豪掷百万钱买最贵的琴，在吸引众人后，猛地把琴击碎，只为登上长安『热搜榜』，提高自己的知名度——从此大家都熟知了那位出身豪族的少年（虽然这只是一个传言）。

多年努力，满腹才华无人赏识，一朝入狱，含冤而死，谁又能懂这位少年的悲伤与凄怆？

陈子昂

闻一多

子昂的诗古今独步，几乎众口一词，无人否认，这道理
值得研究。

子昂的诗可分为三类：

（一）《感遇》三十八首及其同类的诗；

（二）"酬晖上人"诸作；

（三）近体诗。

史称子昂诗"变雅正"，究嫌笼统。"酬晖上人"
诸作无一首不佳，甚为可怪。当时写古体诗的名手有
魏徵、薛稷、贺朝、薛奇童、包融等，可见当时写古体
诗是一般风气，并非子昂一人特出。他重要的贡献在写
了像《感遇》这一类的诗，虽然在前有王绩，在后有张

九龄，但所写都不及他，即使是太白也难和他相比。我曾说过，中国的伟大诗人可举三位做代表：一是庄子，一是阮籍，一是陈子昂。因为他们的诗都含有深邃的哲理。子昂的好友卢藏用曾有诗句赞他说"陈生富清理"，给他集子作序时也曾说："至于感激顿挫，微显阐幽，庶几见变化之朕，以接乎天人之际者，则《感遇》之篇存焉。"都指出了这一特点。他的《感遇》诗第六首说：

> 玄感非象识，谁能测沉冥？
> 世人拘目见，酤酒笑丹经。
> ……

他认为"玄感"是直觉，无形象可见，而世人妄加讥笑，这才可笑，所以他的《感遇》诗的重心，就在这个"玄感"。那首有名的《登幽州台歌》：

> 前不见古人，后不见来者。
> 念天地之悠悠，独怆然而涕下。

更是显著的例子。在人生万象中，谁都有感慨，子昂的感慨独高人一层，原因是他人的感慨都是由个人出发而联想到时空大无穷极，而子昂能忘记小我，所见为纯粹的真理，但又不是纯客观的。像寒山子、王梵志之流变成危言耸听的预言家，唱的是幸灾乐祸的讽刺调子。寒山子唱的是：

城中蛾眉女，珠珮何珊珊。

鹦鹉花前弄，琵琶月下弹。

长歌三月响，短舞万人看。

未必长如此，芙蓉不耐寒！

王梵志也唱着：

世无百岁人，强作千年调。

打铁作门限，鬼见拍手笑。

城外土馒头，馅草在城里。

一人吃一个，莫嫌没滋味。

这种态度多么冷酷！他们的作品是对人生彻悟以后的境

界，是纯客观的表现；至于太白则已经是全部解脱，更显出超然世外的旁观态度；只有陈子昂的诗取得中和，既有关切的凝思，又能做严肃的正视。

关于时间的境界，子昂近于庄子；空间的境界，从他的"邹子何寥廓，漫说九瀛垂"两句诗推测，当近于邹衍。孔子对时间的观念，见于《论语》所记"子在川上曰：逝者如斯夫，不舍昼夜"的慨叹。对空间的观念则从《孟子》"登东山而小鲁，登泰山而小天下"的记载可以见出。子昂融合了先秦诸子这些有关时空的境界，遂产生寂寞之感，在他诗里屡次提到"孤寂"的情绪，非常动人。看来他的诗里除了宇宙意识之外，还具有社会意识，因而饱含着悲天悯人的深意。这一特点，在《感遇》诗中表现不少，像第二十二首的"云海方荡潏，孤鳞安得宁"，第二十五首的"群物从大化，孤英将奈何"，第三十八首的"溟海皆震荡，孤凤其如何"。原来诗人心中，他的悲愁寂寞是来自整个世界，这种意识和感慨是多么伟大呵！所以说，"孤独"该是诗人最高的特性，这种孤独境界有时是自来的，如《感遇》诗第二十首所写的"一绳将何系，忧醉不能持"。

有时诗人又故意去找孤独境界，如他另一首诗所写的：“松竹生虚白，阶庭横古今。”诗人在这里似乎又感到孤独的乐趣，因而每当孤独的时候，也竟是最宜于作诗的良好机会。他的《度荆门望楚》诗中“今日狂歌客，谁知入楚来”两句仍然由孤独境界产生，不过把孤独之意放在言外罢了，表现了一种孤怀情境；这孤怀，也是由玄感而来。可见子昂是把庄子、邹衍的时空境界诗化了，遂自成一家的风格。卢照邻的《赠李荣道士》“风摇十洲影，日乱九江文”，想象亦高。李长吉的《梦天》：“黄尘清水三山下，更变千年如走马。遥望齐州九点烟，一泓海水杯中泻。”前两句写的是时间感慨，而后两句写的又是空间，境界虽高，缺点是太画面，久之将变成幻想的游戏。反之，阮嗣宗的诗又太不够画面，惟有子昂得乎其中，能具有玄感，并能把由玄感所生的孤怀化成诗句，因此能跟庄子、阮籍成为三座并立的诗坛高峰。但在高空待得太久，岂不产生“高处不胜寒”之感？所以比较来说，太白是高而不宽，杜甫是宽而不高，惟有子昂兼有两家之长，因此能成就一个既有寥廓宇宙意识，又有人生情调的大诗人。因为站得高，所以悲天；因为看得远，所以悯人。拿这个眼光去读子昂的《感遇》诗，一定能领略其中三昧。总之，子昂的诗，是超乎形象之美，通过精神之变，深与人生契合，境界所以高绝。

要问陈子昂诗的境界与风格是怎样产生的，就得向中国历史和他本人的家世去找原因，进行分析。

自从孔子在河边说出"逝者如斯夫，不舍昼夜"两句哲言以后，中国后代诗歌在感慨时序方面便有了发展的基础。上面讲过，中国诗在感兴和玄感的水准上，以庄子、阮籍、陈子昂三人最高，但他们都是其来有自，并非凭空出现。子昂比起庄子、阮籍来是诗趣胜于哲理，这是历史背景不同的缘故。《世说新语》记述桓温在琅琊对早年所种柳树发抒感慨，曾说过"木犹如此，人何以堪"的话，便成了唐初诗人感叹节物改换诗境的共同来源；而子昂独从"玄感"下笔，摆脱陈套，所以独高，这正是历史背景作成他的。何以到他手里会有这个转变呢？从性格和生活态度来看，子昂和太白极近，用先秦学派思想来衡量他，可说是属于纵横家兼道家，太白平生景仰的不是那位战国的鲁仲连吗？

　　齐有倜傥生，鲁连特高妙。

　　……

　　吾亦澹荡人，拂衣可同调。（《古风》）

因而他常想能用超人的力量为人排难解纷，进而至于求仙超世，既重功名，又尚清远。子昂和太白同出生在西蜀，受了当地风气的影响，所以形成与众不同的诗风。

子昂家庭是梓州射洪的豪族，他的四世祖兄弟二人在那儿开辟土地，兴创了家业，地位有点像后来的土司，原不是朝廷任命，到梁武帝时才"改土归流"，拜为太守，这就是他的家世。他后来自撰族谱，跟东汉的陈寔相接，不一定可靠。由此可见子昂是长于夷族的汉裔，他父亲曾为乡里判讼，所以他本人也带有几分山区穷乡的土气。他到长安去见武后，最初颇受轻视，武后用"柔野"这个词儿讥笑他，交谈后发现他的长处，才授了官职。他在家乡，十八岁还未读书，天天跟一批赌徒混着，有一次闯进乡校，受到刺激，便回家闭门发愤，之后就入京参加考试。相传他初到长安，为了制造自我表现的机会，故意在闹市用高价购买胡琴引人注意，并约集众人到客舍看他表演，到时候却突然把胡琴击碎，把自己才学抱负表述一番，然后拿所作分赠观众，从此声名大噪。故事虽不一定可信，但由他过去的性格推测，也不是毫无可能，这正是纵横家的本色。武后虽然一度赏识过他，终于不能重用，大概是因为他直言敢谏的这个倔强性格。赵儋在《陈公旌德碑》中说他："封章屡抗，矢陈刑辟。匪君伊顺，惟鳞是逆。"便是明证。从他存诗的材料考查，他曾两次从军，一次是讨突厥，另一次是从武攸宜讨契丹，后一次曾见史书。子昂在出征中见武连败，便上书自请将一万人出击，不许，再度申请，话说得比较戆直，攸宜生气把他降为掌记室，由是深感抑郁，写下了有名的《登幽州台歌》。次年即退职还乡，父死不久，他也被人诬陷，冤死狱中。

从他自请将兵这件事，可见出他早年的赌徒性格，喜欢冒险，是十足的纵横家面目。在诗中，他也常表现功成身退的幻想，这和太白是一致的。有一次住在洛阳，客店主人轻慢了他，他愤而作诗表现自己的怀抱，曾以蔺相如完璧归赵的故事自许。《感遇》诗第十一首也提到"吾爱鬼谷子"的话，其中有：

> 囊括经世道，遗身在白云。
> ……
> 浮荣不足贵，导养晦时文。
> 舒可弥宇宙，卷之不盈分。

这样几句，充分表现出他那种纵横家的事业雄心和隐者功成身退的避世幻想。他又在《赠赵六贞固》第二首的诗中写道：

> 道心固微密，神用无留连。
>
> 舒可弥宇宙，揽之不盈拳。

最后两句连同前作两次用到，可见这是他自抒胸臆的得意之笔，由此显出子昂性格之一般。还有他在《赠别冀侍御崔司议》诗序中写过"嗟乎！子昂岂敢负古人哉"的话，个性之强，不难想见，土气也表现得十足了。又如：

> 少学纵横术，游楚复游燕。（《赠严仓曹乞推命录》）
>
> 纵横策已弃，寂寞道为家。（《卧病家园》）
>
> 雨雪颜容改，纵横才位孤。（《答韩使同在边》）
>
> 纵横未得意，寂寞寡相迎。（《还至张掖古城闻东军告捷赠韦五虚己》）

这些诗句，更是作为纵横家坦率的自我表白。

　　说到道家气质，可说是他的家风。子昂在他父亲的墓志铭——《我府君有周居士文林郎陈公墓志文》中，曾提到六世祖方庆得墨子五行秘书、白虎七变法，遂隐于郡武东山。卢藏用《陈氏别传》说他父亲"饵地骨，炼云膏四十余年"，他自己在《观荆玉篇》序文中也谈到"予家世好服食，昔常饵之"。所以他在随乔知之北征突厥，见张掖河有仙人杖，以为是益寿珍品，喜而食之，并向人宣传吹嘘。有懂得药物知识的告诉他，说这只是一种普通植物，并非什么仙药灵丹，使他大为扫兴，遂写《观荆玉篇》作为解嘲。可见他的好道实受家风影响。他的家庭的确是一个充满道教气味的家庭，便是读书环境也同样影响着他。陈子昂的家乡射洪在涪江边岸，诗人杜甫曾去探访过，作有《冬到金华山观因得故拾遗陈公学堂遗迹》一诗，前四句云：

　　涪右众山内，金华紫崔嵬。
　　上有蔚蓝天，垂光抱琼台。

　　此处本一道观，是梁武帝为陈勋修建的，观后有空屋，即子昂读书处。杜甫来游时，那间屋已破坏，因作诗相吊，故末四句云：

陈公读书堂，石柱灰青苔。

悲风为我起，激烈伤雄才。

后来鲜于叔明（赐姓李）来做东川节度使，在观后立碑，那便是上面提到的《陈公旌德碑》。由此可知子昂的家庭和读书环境，都使他终生笼罩着道家思想，在生活作风和诗境方面显得那么光怪陆离。

太白身世的前半跟子昂无异，陈寅恪先生曾做考证，说他具有胡人血统，所以生命力强，富于想象，既想成大事业，又想做神仙。但太白的毛病在极端浪漫，为了发泄他的生命力，有时往往不择手段，以致晚年发生从璘的附逆事件，想成为乱世英雄，而做了一些毫无意义的反动错事。他的诗固然写得好，而社会却受了他的大害。

前人对陈子昂的评论，主要有两说：一是宋祁《新唐书·陈子昂传》的考语："荐圭璧于房闼，以脂泽污漫之。"一是王渔洋（士禛）《香祖笔记》说："子昂五言诗，力变齐、梁，不须言。其表、序、碑、记等作，沿袭颓波，无可观者。第七卷《上大周受命颂表》一篇，《大周受命颂》四章……其辞诡诞不经……此与扬雄《剧秦美新》无异，殆又过之，其下笔时，不知世有节义廉耻事矣。子昂真无忌惮之小人哉！诗虽美，吾不欲观之矣。"但在他的《古诗选》的凡例中，仍做了公正评价，云："夺魏晋之风骨，变梁、陈之俳优，陈伯玉之力最大。"这两家评论都重在论其人，因人而轻其诗。《四库提要》甚至评他"譬诸荡姬佚女，以色艺冠一世，而不可以礼法绳之者也"。只有后来陈沆作《诗比兴笺》，用独到眼光评解名家的诗，论到陈子昂《感遇》诗时，才特别写文替他辩解，极有见识。文云：

　　诚知仕吕、仕周，不同新室、安、史，则随例进贺之表，应制颂美之什，诸公亦岂能无？特一则功业掩文章，偶乏流传之什。一则文章掩忠义，翻遗玷颣（lèi）之端。然石淙山侍宴之诗，狄、姚与二张诸武并列；张燕公铭檄之作，孝明与天册金轮间称。此则今日尚存，亦不闻薰莸同器，燕、许殊科也。仲尼见楚越之君，亦必称之为王。惟《春秋》乃可书子，彼宋、狄诸公，当日语言文字，其敢直斥武士彟乎？今既不能议诸公之仕周，乃犹谓仕周而不当从其称谓，其亦舍本而齐末，许浴而禁裸已。

且夫同仕而异品，同迹而异心者，一辨诸忠佞之从违，二辨诸进退之廉躁。历考武后一朝，惟子昂谏疏屡见：武后欲淫刑，而子昂极陈酷吏之害；武后欲黩兵，而子昂极陈丧败之祸；武后欲歼灭唐宗，而子昂请抚慰宗室。甚至初仕而争山陵之西葬，冒死而讼宗人之冤狱。皆言所难言，如枘入凿。是以杜甫《过陈拾遗故宅》诗云："千古立忠义，《感遇》有遗篇。"其为党附不党附，可不言决矣。武后以官爵笼天下士，或片言取卿相，或四时历青紫。至于文学材艺，更所牢笼。沈、宋、杜、薛、阎、苏、二李，或参控鹤奉宸之职，或预三教珠英之修。其后神龙之初，并坐二张之党，子昂曾有一于此乎？释褐十载，不过拾遗；自托多病，不乐居职。笺牍则辄遭报罢，参军则累忤诸武。未及壮年，遽乞归养。父丧庐墓，哀动路人，至以侍从之臣，竟死县令之手。故杜甫诗又云："位下何足伤，所贵者圣贤。同游英俊人，多秉辅佐权。"其躁进不躁进，又可不言决矣。

陈沆这一辩解真算是为陈子昂雪了诬，可谓千古卓见。

子昂早年是赌徒，又奉道教，两者其实是合一的，因为道教所持颇有一种游戏人间的态度。不过拿他和太白比较，子昂还算稳重，这是由于一部分儒家思想使他的生活态度有所限制，所以在他的诗里，我们还可见到他某些悲伤沉痛的地方。拿哭来作比喻，太白之哭像婴儿，并没有什么真正的人生痛苦；子昂倒是像成年人的哭声，他诚然是有所激而发的，也就容易感人。

唐人作诗大半是为了社交应酬，常常是集体聚会赋诗，写完抄录在一起，前面必写一篇序文加以说明。有时这序文写得比诗还好，因为他们作诗有点像后代的行酒令，动机纯粹是游戏，所以佳作有限；而序文却没有形式的限制，可以自由发挥，便容易比诗写得精彩。韩愈最擅长作赠序一类文章，这就是他的历史背景。陈子昂是韩文的先驱者，也长于写这类序文，他常在散文中发抒悲凉感慨，这是他性格中的一种表现，和太白作风又有所不同。

从现在看到的龙门刻石，说明佛教在唐代也很盛行。陈子昂一部分消极诗篇可反映出这方面的思潮，似乎跟他本人多病有关系；而且纵横家易触霉头，自然更促进了他的消极思想。他跟晖上人的赠答诗，就属于这一类。晖上人当时住在附近的独坐山，跟子昂很接近。子昂的禅诗境界，在前近于谢灵运，在后近于韦苏州（应物），由此可看出晖上人对他的影响。

综合上面所说陈子昂的复杂思想，可以说纵横家给了他飞翔之力，道家给了他飞翔之术，儒家给了他顾尘之累，佛家给了他终归人世而又能妙赏自然之趣。

陈子昂《与东方左史虬修竹篇》曾说起他的复古之志："文章道弊五百年矣！汉魏风骨，晋宋莫传，然而文献有可征者。仆尝暇时观齐梁间诗，彩丽竞繁，而兴寄都绝，每以永叹。思古人，常恐逶迤颓靡，风雅不作，以耿耿也。"这也是他对文学所持的态度。他颇有志把诗的风格回复到建安、正始时代，《感遇》诗便是他这一复古志愿的具体实践和伟大成绩。正始作家阮籍、嵇康的诗是理过其辞，是逃避现实的伤感主义者，而建安诸子则社会色彩较著，子昂把两个时代的文学作风融合起来，成就所以独高。我们试加分析，发现他诗中的宇宙意识是来自正始，社会意识是来自建安，而与晖上人酬答诸诗，则达到向往自然的太康境界了。就诗的成就说，凡在他以前的文学遗产，几乎被他网罗殆尽，虽以齐梁文学之腐朽，到他手里也都化为神奇，他的近体诗正表现了这个特点，如《月夜有怀》一诗：

> 美人挟赵瑟，微月在西轩。
>
> 寂寞夜何久，殷勤玉指繁。
>
> 清光委衾枕，遥思属湘沅。
>
> 空帘隔星汉，犹梦感精魂。

用宫体诗而别具神韵，真有点铁成金之妙，可见他胸襟的宽广和技巧的高明。张九龄模仿他，面目非常相似，如《感遇》：

> 我有异乡忆，宛在云溶溶。
>
> 凭此目不觏，要之心所钟。
>
> 但欲附高鸟，安敢攀飞龙。
>
> 至精无感遇，悲惋填心胸。
>
> 归来扣寂寞，人愿天岂从？

也可算是独具只眼、自成一家的豪杰。

总之，陈子昂改造建安以来的文学遗产，作为盛唐的启门钥匙，这是他的伟大处。

王船山（夫之）对陈子昂的古风贬抑最厉害，说是"似诵狱词，五古自此而亡"。我却认为他这种非古又非诗的古诗作风，正是他独到而难得的创造。

拿王（维）、孟（浩然）和李（白）、杜（甫）比较，王、孟作风可算是齐梁的余音，在他们本身虽不大明显，传到大历十才子，那齐梁的面目就完全显露出来了。司空图替这一派制造理论，承他衣钵的在宋有严沧浪（羽），在清有王渔洋（士祯）。子昂是反齐梁作风最有力的人，所以渔洋很讨厌他，说了他许多坏话。渔洋编选的《唐贤三昧集》，不但不选子昂的诗，连李、杜也无只字，因为李、杜跟子昂正是一脉相承的。

陈子昂的《登幽州台歌》不仅有宇宙意识，而且有历史意识。卢藏用在《陈氏别传》中曾说到他有作《后史记》的愿望："尝恨国史芜杂，乃自汉孝武之后以迄于唐，为《后史记》，纲纪粗立，笔削未终，钟文林府君忧，其书中废。"书虽未成，由此可想见他的修养和气魄。我们如果拿研究文人太史公的眼光读子昂的诗，一定可以得到他的精华要义。

吾乃孟夫子，风流天下闻

别人都惋惜他得到面圣的机会，却没有好好表现，可他虽然失去了工作，却获得了自由。后来一位刺史很欣赏他，想约他一起赴京，找机会举荐他，可他爱喝酒啊，和朋友喝着喝着就把这事抛到脑后了。人嘛，活得越久才越清楚地知道自己想要什么！

孟浩然

闻一多

　　当年孙润夫家所藏王维画的孟浩然像，据《韵语阳秋》的作者葛立方说，是个很不高明的摹本，连所附的王维自己和陆羽、张洎等三篇题识，据他看，也是一手摹出的。葛氏的鉴定大概是对的，但他并没有否认那"俗工"所据的底本——即张洎亲眼见到的孟浩然像，确是王维的真迹。这幅画，据张洎的题识说：

　　虽缣轴尘古，尚可窥览。观右丞笔迹，穷极神妙。襄阳之状颀而长，峭而瘦，衣白袍，靴帽重戴，乘款段马——一童总角，提书笈负琴而从——风仪落落，凛然如生。

这在今天，差不多不用证明，就可以相信是逼真的孟浩然。并不是说我们知道浩然多病，就可以断定他当瘦。实在经验告诉我们，什九人是当如其诗的。你在孟浩然诗中所意识到的诗人那身影，能不是"颀而长，峭而瘦"的吗？连那件白袍，恐怕都是天造地设、丝毫不可移动的成分。白袍靴帽固然是"布衣"孟浩然分内的装束，尤其是诗人孟浩然必然的扮相。编《孟浩然集》的王士源应是和浩然很熟的人，不错，他在序文里用来开始介绍这位诗人的"骨貌淑清，风神散朗"八字，与夫陶翰《送孟六入蜀序》所谓"精朗奇素"，无一不与画像的精神相合，也无一不与浩然的诗境一致。总之，诗如其人，或人就是诗，再没有比孟浩然更具体的例证了。

张祜曾有过"襄阳属浩然"之句，我们却要说：浩然也属于襄阳。也许正惟浩然是属于襄阳的，所以襄阳也属于他。大半辈子岁月在这里度过，大多数诗章是在这地方、因这地方、为这地方而写的。没有第二个襄阳人比孟浩然更忠于襄阳，更爱襄阳的。晚年漫游南北，看过多少名胜，到头还是：

山水观形胜，襄阳美会稽。

实在襄阳的人杰地灵，恐怕比它的山水形胜更值得人赞美。从汉阴丈人到庞德公，多少令人神往的风流人物，我们简直不能想象一部《襄阳耆旧传》，对于少年的孟浩然是何等深厚的一个影响。了解了这一层，我们才可以认识孟浩然的人、孟浩然的诗。

隐居本是那时代普遍的倾向，但在旁人仅仅是一个期望，至多也只是点暂时的调济，或过期的赔偿，在孟浩然却是一个完完整整的事实。在构成这事实的复杂因素中，家乡的历史地理背景，我想，是很重要的一点。

在一个乱世，例如庞德公的时代，对于某种特别性格的人，入山采药，一去不返，本是唯一的出路。但生在"开元全盛日"的孟浩然，有那必要吗？然则为什么三番两次朋友们伸过援引的手来，都被拒绝，甚至最后和本州采访使韩朝宗约好了一同入京，到头还是喝得酩酊大醉，让韩公等烦了，一赌气独自先走了呢？正如当时许多有隐士倾向的读书人，孟浩然原来是为隐居而隐居，为着一个浪漫的理想，为着对古人的一个神圣的默契而隐居。在他这回，无疑的那成为默契的对象便是庞德公。孟浩然当然不能为韩朝宗背弃庞公。鹿门山不许他，他自己家园所在，也就是"庞公栖隐处"的鹿门山，决不许他那样做。

鹿门月照开烟树，忽到庞公栖隐处。

岩扉松径长寂寥，惟有幽人自来去。

这幽人究竟是谁？庞公的精灵，还是诗人自己？恐怕那时他自己也分辨不出，因为心理上他早与那位先贤同体化了。历史的庞德公给了他启示，地理的鹿门山给了他方便，这两项重要条件具备了，隐居的事实便容易完成得多了。实在，鹿门山的家园早已使隐居成为既成事实，只要念头一转，承认自己是庞公的继承人，此身便俨然是《高士传》中的人物了。总之，是襄阳的历史地理环境促成孟浩然一生老于布衣的。孟浩然，毕竟是襄阳的孟浩然。

我们似乎为奖励人性中的矛盾，以保证生活的丰富，几千年来，一直让儒道两派思想维持着均势，于是读书人便永远在一种心灵的僵局中折磨自己，巢、由与伊、皋，江湖与魏阙，永远矛盾着，冲突着，于是生活便永远不谐调，而文艺也便永远不缺少题材。矛盾是常态，愈矛盾则愈常态。今天是伊、皋，明天是巢、由，后天又是伊、皋，这是行为的矛盾。当巢、由时向往着伊、皋，当了伊、皋，又不能忘怀于巢、由，这是行为与感情间的矛盾。在这双重矛盾的夹缠中打转，是当时一般的现象。反正用诗一发泄，任何矛盾都注销了。诗是唐人排解感情纠葛的特效剂，说不定他们正因有诗作保障，才敢于放心大胆地制造矛盾，因而那时代的矛盾人格才特别多。自然，反过来说，矛盾愈深愈多，诗的产量也愈大了。孟浩然一生没有功名，除在张九龄的荆州幕中当过一度清客外，也没有半个官职，自然不会发生第一项矛盾问题。但这似乎就是他的一贯性的最高限度。因为虽然身在江湖，他的心并没有完全忘记魏阙。下面不过是许多显明例证中之一：

欲济无舟楫，端居耻圣明。

坐观垂钓者，徒有羡鱼情。

然而"羡鱼"毕竟是人情所难免的，能始终仅仅"临渊羡鱼"，而并不"退而结网"，实在已经是难得的一贯了。听李白这番热情的赞叹，便知道孟浩然超出他的时代多么远：

吾爱孟夫子，风流天下闻。

红颜弃轩冕，白首卧松云。

醉月频中圣，迷花不事君。

高山安可仰，徒此揖清芬。

可是我们不要忘记矛盾与诗的因果关系，许多诗是为给生活的矛盾求统一、求调和而产生的。孟浩然既免除了一部分矛盾，对于他，诗的需要便当减少了。果然，他的诗是不多，量不多，质也不多。量不多，有他的同时人作见证，杜甫讲过的："吾怜孟浩然……赋诗何必多，往往凌鲍谢。"质不多，前人似乎也早已见到。苏轼曾经批评他"韵高而才短，如造内法酒手，而无材料"。这话诚如张戒在《岁寒堂诗话》里所承认的，是说尽了孟浩然，但也要看"才"字如何解释。"才"如果是指才情与才学二者而言，那就对了，如果专指才学，还算没有说尽。情当然比学重要得多。说一个人的诗缺少情的深度和厚度，等于说他的诗的质不够高。孟浩然诗中质高的有是有些，数量总是太少。"气蒸云梦泽，波撼岳阳城"式的和"微云淡河汉，疏雨滴梧桐"式的句子，在集中几乎都找不出第二个例子。论前者，质和量当然都不如杜甫；论后者，至少在量上不如王维。甚至"不材明主弃，多病故人疏"，质量都不如刘长卿和十才子。这些都不是真正的孟浩然。真孟浩然不是将诗紧紧地筑在一联或一句里，而是将它冲淡了，平均地分散在全篇中：

出谷未停午，至家已夕曛。

回瞻下山路，但见牛羊群。

樵子暗相失，草虫寒不闻。

衡门犹未掩，伫立待夫君。

甚至淡到令你疑心到底有诗没有：

垂钓坐磐石，水清心亦闲。

鱼行潭树下，猿挂鸟藤间。

游女昔解佩，传闻于此山。

求之不可得，沿月棹歌还。

淡到看不见诗了，才是真正孟浩然的诗，不，说是孟浩然的诗，倒不如说是诗的孟浩然更为准确。在许多旁人，诗是人的精华；在孟浩然，诗纵非人的糟粕，也是人的剩余。在最后这首诗里，孟浩然几曾做过诗？他只是谈话而已。甚至要紧的还不是那些话，而是谈话人的那副"风神散朗"的姿态。读到"求之不可得，沿月棹歌还"，我们得到一如张泊从画像所得到的印象，"风仪落落，凛然如生"。得到了像，便可以忘言；得到了"诗的孟浩然"，便可以忘掉"孟浩然的诗"了。这是我们前面所提到的"诗如其人"或"人就是诗"的另一解释。

超过了诗也好，够不上诗也好，任凭你从环子的哪一点看起。反正除了孟浩然，古今并没有第二个诗人到过这境界。东坡说他没有才，东坡自己的毛病，就在才太多。

庄子笑曰："周将处乎材与不材之间。材与不材之间，似之而非也，故未免乎累。"

　　谁能了解庄子的道理，就能了解孟浩然的诗，当然也得承认那点"累"。至于"似之而非"而又能"免乎累"，那除陶渊明，还有谁呢？

酒肆小比试，测出金榜神曲

他虽出身于农民家庭，却成了『诗家天子』；他虽然耿直，得罪了很多人，却是『社交达人』，交友无数；他既会写豪迈昂扬的边塞诗，也能作柔情婉转的闺情诗；他一生波折不断，最终因才华被人所妒，惨遭杀害。

王昌龄

闻一多

从文学技巧说，王昌龄和孟浩然可以对举；从思想内容说，陈子昂和杜甫可以并提。昌龄、浩然虽无王摩诘、李太白之高，然个性最为显著。至于文字色彩的浓淡，则浩然走的是清淡之路，昌龄走的是浓密之路。

盛唐诗风的发展，乃做螺旋式的上升，由齐梁陈逐步回升到魏晋宋的古风时代。魏晋宋风格的代表可举陶渊明、谢灵运两大家，盛唐诗人中属于这类风格的代表作家当推孟浩然与王昌龄。这四个人，浩然可匹渊明——储光羲人多以为近陶，实则是新创境界，较摩诘去陶为远——昌龄则近大谢。大谢炼字功夫极深，但尚不能堆成七宝楼台，完成这一任务的只有王昌龄了。我们说浩然可匹渊明，只是说他近陶而已，而昌龄在汉字锻炼功夫上别开天地，比大谢成就更大。

诗之有社会意识，在内容方面开新天地者当推杜甫，后来的人想把社会意识和内容题材合铸而为一，做此尝试者有孟郊，然效果是失败的，可见诗境汇合之难。

昌龄的《长信秋词》云：

奉帚平明金殿开，且将团扇共徘徊。

玉颜不及寒鸦色，犹带昭阳日影来。

首句如工笔画，金碧辉煌，极为秾丽。次句用班婕妤故事，"团扇"二字括尽一首《怨歌行》意境，全首诗眼也就在"团扇"二字，整首诗因之而活。第三句中"玉颜""寒鸦"对举，黑白分明，白不如黑，幽怨自知。第四句中"日影"形象有暖意，更反映出冷宫的寂寞凄清。这种写法比起浩然的清淡，又是一种风格。昌龄诗给人的印象是点的，而浩然诗则是线的。此处"不及寒鸦色"虽是点的写法，尚有线索可寻，至李长吉（贺）则变得全无线索，那是另一新的境界。

中国诗是艺术的最高造诣，为西洋人所不及。法国有一名画家，曾发明用点作画，利用人远看的眼光把点连成线条，并由此产生颤动的感觉，使画景显得格外生动。在中国诗里同样有点的表现手法，不过像大谢的诗只有点而不能颤动，昌龄的诗则简直是有点而又能颤动了，至于李长吉的诗又似有脱节的毛病。我们读这类诗时也应掌握这个特点，分析要着重在点的部分，使人读起来自然地引起颤动的感觉。杜诗亦偶有此种作法，然而效果到底差些。像《长信秋词》这首诗，可说是王昌龄的独创风格，功绩不可磨灭。他本人诗中像这类作品也不多，略相似的有《听流人水调子》一诗：

孤舟微月对枫林，分付鸣筝与客心。

岭色千重万重雨，断弦收与泪痕深。

首句中"枫林"二字将《楚辞·招魂》意境全盘托出，次句是用乐音写流人的心境，三四两句是写将千重万重山雨收来眼底，化作泪泉，客心的酸楚便可在弦外领略了。诗中的几个名词，如"孤舟""微月""枫林""鸣筝""客心""岭色""万重雨""断弦""泪痕"等已够富于诗意，经过作者匠心加以连串，于是恰到好处，表现出一幅极为生动的诗境。长吉的诗往往忽略做这种连串的安排，因而产生脱节的毛病。

《芙蓉楼送辛渐》一诗也同具此妙：

寒雨连江夜入吴，平明送客楚山孤。
洛阳亲友如相问，一片冰心在玉壶。

前面三句是用线的写法，依层次串连下来，从夜晚写到天明，由眼前写到别后，末句用的又是点的表现手法了。"冰心在玉壶"本是从鲍明远（照）"清如玉壶冰"的句意化出，而能青出于蓝，连那个"如"字都给省掉，所以转胜原作。"冰心"是说心灰意冷，"玉壶"是说处身之洁，这七字写尽诗人的身世感慨。以壶比人，是昌龄新创的意境。凡用物比人，须取其不甚相似中的某一点相似，这样就会给人以更新、更深的印象。曾有一则以壶比人的笑话，说是几个朋友约会饮酒，各人自道酒量，一人说他饮十杯才醉，一人说他只要三杯足够，另一人说他见酒壶就醉，问起原因才知道他每次饮酒回家，常挨老婆臭骂，骂时她一手叉腰，一手指定老公鼻子，样子活像一把酒壶，他怎能不见了酒壶就醉呢！这笑话拿酒壶比作恶妇骂人的形象，是取其骂人的姿势相似，因而显得奇谲可笑。任何观念都是相对的，然后才能存在，骈文对仗，其妙在此。故用比喻当从反面下手，像抽水似的，要它上升，必向下压。

王昌龄的诗，在文学史上值得大书特书。唐代诗人的作品被当时人推为诗格者，只有王昌龄和贾岛二人。所以他别有绰号叫"诗家天子王江宁"，"天子"有的记载作"夫子"，实误。被人尊为"天子"或"夫子"，可见他作诗技巧的神奇高妙。

所谓抒情诗，不只是说言情之作而已，我以为正确的含义应该是诗中之诗，如张若虚的《春江花月夜》就是抒情诗最好的标本，而绝句又是抒情诗的最好形式。宋人解释绝句，以绝为截，是取截律诗的一半而成的新形式，但依诗歌发展的过程考证实不相符。唐人作诗因入乐关系，多用四句为一节奏，故虽是长篇古风亦可截用四句，如李峤七古《汾阴行》的末四句：

山川满目泪沾衣，富贵荣华能几时？
不见只今汾水上，惟有年年秋雁飞。

即被截入乐，当筵歌唱，说明绝句的产生是和律诗毫无关系。诗有佳句当自曹子建（植）开始，至唐而有"诗眼"之说，往往使用一字而全篇皆活，有人说这是诗的退化，倒也不尽然。唐代大家为求纯诗味的保存，特别重视形式精简而音乐性强的绝句体。就艺术言，唐诗造诣最高的作品，当推王昌龄、王之涣、李白诸人的七绝，杜甫远不能及，他的伟大处本不在此。从诗的整个发展来看，七绝当从七古发源，便是七律也是从七古蜕变而来，因而最高造诣的七律也以像七古的风格为佳，这也是崔颢《黄鹤楼》被人推为全唐七律压卷之作的原因。所以说，七绝当是诗的精华，诗中之诗，是唐诗发展的最高也是最后的形式。被人们欣赏的诗味更浓的词，也就是在绝句这个基础上结合其他的因素发展变化创新出来的。传统看法认为五律是唐诗的重要成就，我觉得还欠考虑。

我坦言我曾历经沧桑

他出身世家大族，少年白洁俊美，情商与智商兼具，如此优秀的条件，却遭遇一次又一次的打击；他是身怀数技的斜杠青年：能写诗，会作画，懂音律，擅辞赋，明佛法。历经沧桑，他是如何练就强心脏的呢？

王维

浦江清

王维（701—759或761），王维卒年，《旧唐书》称乾元二年（759），另一说为上元二年（761）。待查。字摩诘，河东（今山西省）人。维摩诘是古印度的居士，未出家而信仰佛教者。译意则无垢称、净名。

王维，开元九年（721）进士，擢第，调太乐丞。张九龄执政，擢右拾遗。《集异记》言维未冠，文章得名，妙能琵琶，岐王引至公主第，使为伶人，进新曲，号《郁轮袍》，并出所作，公主大奇之云云。唐代文人须由权贵进身，维亦不免如此。此为小说家言，未必可信。惟王维集中多有从岐王宴诗。迁监察御史，拜吏部郎中，天宝末为给事中。

安禄山陷两都，维为贼所得。《旧唐书》载，天宝末，维为官给事中，扈从不及，为贼所得，服药取痢，诈称瘖病。禄山素怜之，遣人迎至洛阳，拘于普施寺，迫以伪署。贼平，陷贼官三等定罪，维以《凝碧》诗闻于行在，肃宗特宥之，责授太子中允。时王维诈病被拘，禄山宴其徒于凝碧宫，其工皆梨园弟子、教坊工人，维闻之悲恻，潜为诗曰：

万户伤心生野烟，百僚何日再朝天？

秋槐叶落空宫里，凝碧池头奏管弦。

《全唐诗》录此诗，题云《菩提寺禁，裴迪来相看，说逆贼等凝碧池上作音乐，供奉人等举声便一时泪下，私成口号，诵示裴迪》。

除《凝碧》诗闻于行在之外，会其弟王缙时任宰相，请削官以赎兄罪，特宥之。

乾元中，迁中书舍人，复拜给事中，转尚书右丞，故后世称"王右丞"。

维工书画，亦知音乐，精通各种艺术。弟兄俱奉佛，居常蔬食，晚年长斋，不衣文彩。得宋之问蓝田别墅在辋川。

与道友裴迪浮舟往来，弹琴赋诗。聚其田园所为诗，号《辋川集》。退朝之后，焚香独坐，以禅诵为事。妻亡不再娶。三十年孤居一室，屏绝尘累。乾元二年七月卒。

代宗时，其弟缙为宰相。代宗谓王缙曰："朕尝于诸王座闻维乐章，今传几何？"遣中人往取，缙裒集数百篇上之。

王维才高，奉和圣制诸诗，颇得台阁之体，而自放山水，又多清远之诗，究以山水诗为最佳。辋川题咏皆用五绝，音响尤佳。

王维诗最通俗知名者有《渭城曲》：

渭城朝雨浥轻尘，客舍青青柳色新。

劝君更尽一杯酒，西出阳关无故人。

此诗一题作《送元二使安西》，"柳色新"一作"杨柳春"。诗如白话。白居易《对酒》诗云："相逢且莫推辞醉，听唱阳关第四声。"白居易时盛行此歌，亦称《阳关曲》，后人续添为"阳关三叠"，为唐人送别诗之上乘，亦为千古送行绝唱。七绝于《渭城曲》外尚有《少年行》四首，亦佳。另一首诗《九月九日忆山东兄弟》亦很著名，亦明白如话：

独在异乡为异客，每逢佳节倍思亲。

遥知兄弟登高处，遍插茱萸少一人。

盛唐时七绝之体已很发达，如王昌龄、高适、王之涣等擅名，多以边塞为题材。维诗气象不大，而极自然。

七古亦有名篇，如《陇头吟》《老将行》《夷门歌》《燕支行》《桃源行》《洛阳女儿行》等。

五律如《观猎》（一作《猎骑》）：

风劲角弓鸣，将军猎渭城。

草枯鹰眼疾，雪尽马蹄轻。

忽过新丰市，还归细柳营。

回看射雕处，千里暮云平。

这是一首极佳之作，沈德潜《说诗晬语》评曰："王右丞'风劲角弓鸣'一篇，神完气足，章法句法字法，俱臻绝顶。"在王维诗作中，如此雄健风格的诗虽不多，但颇有特色，类似的还有五律《使至塞上》：

单车欲问边，属国过居延。

征蓬出汉塞，归雁入胡天。

大漠孤烟直，长河落日圆。

萧关逢候骑，都护在燕然。

"大漠孤烟直，长河落日圆。"大漠、长河、孤烟、落日，描尽大漠气象，"此种境界，可谓千古壮观"（王国维《人间词话》）。

七律如《积雨辋川庄作》写幽雅恬静的山居生活，"漠漠水田飞白鹭，阴阴夏木啭黄鹂"充满诗情画意。

王维五古写田园，学陶渊明；写山水，学谢灵运。其诗友有孟浩然、裴迪。裴迪并为道友。王维与胡居士来往，赠诗全谈佛理，亦奇格也。谢灵运以后，复见斯人！比谢灵运变本加厉。又有赠东岳焦炼师焦道士诗。其学陶如《偶然作》六首，又似阮。

王维诗别成一格者为其五言绝句，所谓《辋川集》诗题浏览胜景，同裴迪各有题咏者，可有二十首。王维诗如：

空山不见人，但闻人语响。

返景入深林，复照青苔上。（《鹿柴》）

独坐幽篁里，弹琴复长啸。

深林人不知，明月来相照。（《竹里馆》）

无嵇、阮之狂，而有嵇、阮之静。魏晋人风度。静境似禅，深于禅寂。格调很高。

王维之山水画，为文人画之祖，南宗。苏轼《书摩诘蓝田烟雨图》曰："味摩诘之诗，诗中有画；观摩诘之画，画中有诗。"

维善音乐，有识《霓裳羽衣图》之故事，见《旧唐书》。

为王维之友，以诗齐名者，有孟浩然，并称"王孟"。（裴迪有《辋川集》诗廿首等，诗少，不足成为大家。）

我本逍遥谪仙人，游历万水踏遍昆仑

他是大唐『第一金牌导游』，凭一己之力为各大景点做宣传；他是名副其实的『酒鬼』，无论是开心还是悲伤，都要来上一壶酒；他怀揣侠客梦，仗剑走天涯，试图将满腔才华奉献给大唐，却错付一生；他是浪漫至死的理想诗人，绣口一吐，绚烂半个大唐。

李白

浦江清

　　李白（701—762），字太白。他的籍贯有几种说法：

　　（1）山东人。《旧唐书》："李白，字太白，山东人。……父为任城尉，因家焉。少与鲁中诸生孔巢父、韩沔、裴政、张叔明、陶沔等隐于徂徕山，酣歌纵酒，时号'竹溪六逸'。"（韩沔，《新唐书》作韩准，是。）杜甫《苏端薛复筵简薛华醉歌》："近来海内为长句，汝与山东李白好。"元微之论李、杜优劣径称白为山东人："是时山东人李白，亦以文奇取称。"

　　（2）陇西成纪人。李阳冰《李白〈草堂集〉序》云："陇西成纪人，凉武昭王暠九世孙，……世为显著。中叶非罪，谪居条支，易姓为名。……神龙之始，逃归于蜀。"

（凉武昭王李暠，成纪人，晋隆安中据敦煌酒泉，自为凉王。）《新唐书》："兴圣皇帝九世孙，其先隋末以罪徙西域，神龙初，遁还，客巴西。……十岁通诗书，既长，隐岷山。"[《新唐书·本纪》：（高祖）陇西成纪人。]魏颢《李翰林集序》："白本陇西……因家于绵。身既生蜀……"白《与韩荆州书》自称"陇西布衣"。

（3）蜀人。魏颢《李翰林集序》："蜀之人，无闻则已，闻则杰出。"白"因家于绵，身既生蜀，则江山英秀"云云。《全蜀艺文志》载刘全白《唐故翰林学士李君碣记》谓："君名白，广汉人。"（广汉郡，属蜀。）唐范传正《李公新墓碑》："其先陇西成纪人。……难求谱牒。……得公之亡子伯禽手疏十数行……约而计之，凉武昭王九代孙也。隋末多难，一房被窜于碎叶，流离散落，隐易姓名，故自国朝以来，漏于属籍。神龙（中宗）初，潜还广汉，因侨为郡人。父客以逋其邑，遂以客为名。……公之生也，先府君指天枝以复姓。先夫人梦长庚而告祥。"一说生于昌明县青莲乡，故曰李青莲。

（4）西域人。陈寅恪《李白氏族之疑问》以白之先为碎叶人，胡人侨居于蜀。其父名客。李白生而托姓李氏，假托为帝之宗室。唐时此类之例颇多。（至于山东一说，或云其父为任城尉之说无稽。或云白自比谢安石，李阳冰《〈草堂集〉序》云："咏歌之际，屡称东山。"魏颢《李翰林集序》又云："间携昭阳金陵之妓，迹类谢康乐，世号为李东山。"按：此言挟妓游山，比谢安，非康乐也，误。）山东李白，或为东山李白之误。（此说甚勉强，因白曾隐山东，为徂徕六逸之一。）

王世贞《宛委余编》谓："白本陇西人，产于蜀，流寓山东。"

恐籍贯陇西，从陇西迁至蜀，由蜀迁至山东，其父曾为任城尉，白生长于山东。陇西近外国，恐其祖罪徙至西域，其后回来。

天宝初，李白客游会稽，与道士吴筠同隐剡中。后筠被召至长安，李白亦偕至长安。白貌奇逸，有神仙风度。贺知章见其文，叹曰："子谪仙人也。"荐于玄宗。白与贺知章、李适之、汝阳王琎、崔宗之、苏晋、张旭、焦遂为"饮中八仙"。［此事在天宝间，因白天宝初始供奉耳，但苏晋卒于开元二十二年（734）。范传正《李公新墓碑》有裴周南而杜诗无裴，其名录有出入也。］

帝召见于金銮殿，论当时事，白奏颂一篇，赐食，御手调羹。有诏供奉翰林。一日，帝坐沉香亭子，意有所感，欲得白为乐章，召入而白已醉，左右以水颒面，援笔成《清平调》三章，婉丽精切。杜诗所谓"李白一斗诗百篇，长安市上酒家眠。天子呼来不上船，自称臣是酒中仙"是也。尝侍帝，醉，使高力士脱靴，力士激杨贵妃中伤之。帝欲官白，妃辄阻止。（《新唐书》《旧唐书》互有详略。《新唐书》已采宋人乐史《李翰林别集序》大意，《旧唐书》无沉香亭子一节，但亦有使高力士脱靴事，未言高力士以此激杨贵妃，但因力士之怨被斥而已。）因忤高力士、杨贵妃，遂不为帝亲信。恳还山，帝赐金放还。

由是浪迹江湖，浮游四方，终日沉饮。与侍御史崔宗之月夜乘舟自采石至金陵。白衣宫锦袍，于舟中顾瞻笑傲，旁若无人。天宝末，安禄山反，转侧宿松、匡庐间，《庐山谣寄卢侍御虚舟》一诗写这种经历、见闻和感受。诗的前四句是："我本楚狂人，凤歌笑孔丘。手持绿玉杖，朝别黄鹤楼。"安史之乱，玄宗幸蜀。白依永王璘，辟为府僚佐。肃宗即位灵武，璘起兵逃还彭泽。璘败当诛，赖郭子仪力救（白曾救郭子仪，郭德之，力言赎罪。此处《新唐书》亦采宋人乐史《李翰林别集序》所说，《旧唐书》无），得诏流夜郎。会赦还浔阳，坐事下狱。宋若思释之，辟为参谋。未几辞职。李阳冰为当涂令，白依之。代宗立。以左拾遗召，而白已卒，年六十余。临卒以诗卷授阳冰，阳冰为序而行世。葬姑孰谢家青山东麓。元和末，宣歙观察使范传正祭其墓，见其二孙女，嫁为农夫之妻。因为立碑。

魏颢曰："白始娶于许，生一女一男，曰明月奴，女既嫁，而卒。又合于刘，刘诀。次合于鲁一妇人，生子曰颇黎，终娶于宋。（宋氏或即宗氏，盖其《窜夜郎于乌江留别宗十六璟》中有句云'我非东床人，令姊忝齐眉'。——章克椮）间携昭阳金陵之妓，迹类谢康乐，世号为李东山。"

又李华《李白墓志》：卒"年六十有二"，"有子曰伯禽。"范传正《李公新墓碑》亦云："亡子伯禽。"伯禽当是明月奴或颇黎中之一人。

《旧唐书》云："以饮酒过度，醉死于宣城，有文集二十卷，行于时。"（小说故事传李白醉中捞月死于水，恐非事实。）

裴敬"墓碑"云："死宣城，葬当涂青山下。"

李阳冰云："疾亟，草稿万卷，手集未修，枕上授简，俾余为序。"

魏颢序则言生前曾"尽出其文，命颢为集"。

乐史《李翰林别集序》则云：李阳冰纂李翰林歌诗"为

《草堂集》十卷，史又别收歌诗十卷。……号曰《李翰林集》，今于三馆中得李白赋、序、表、赞、书、颂等，亦排为十卷，号曰《李翰林别集》。"

李白一生，少年任侠，中年做官，晚年流离。

一、李白的个性及思想

1. 酣歌纵酒

《将进酒》："君不见黄河之水天上来，奔流到海不复回。君不见高堂明镜悲白发，朝如青丝暮成雪。人生得意须尽欢，莫使金樽空对月。"《行路难》："且乐生前一杯酒，何须身后千载名。"似陶潜、阮籍，才气奔放。诗与酒的结合，显出诗人的享乐人生观。另一方面，也因为乐府歌曲原为燕乐，亦是与传统的结合。

《月下独酌》："花间一壶酒，独酌无相亲。举杯邀明月，对影成三人。"月，李白诗中屡屡提到："小时不识月，呼作白玉盘。"（《古朗月行》）"床前明月光，疑是地上霜。举头望明月，低头思故乡。"（《静夜思》）《把酒问月》一首："青天有月来几时，我今停杯一问之。人攀明月不可得，月行却与人相随。……今人不见古时月，今月曾经照古人。古人今人若流水，共看明月皆如此。惟愿当歌对酒时，月光长照金樽里。"在李白的诗里，花、月、酒与诗融合，写人生短忽，对酒当歌。《古诗十九首》、曹魏乐府歌曲中已多此种情调，太白更为诗酒浪漫，他这些诗最通俗，可比波斯诗人奥马尔·海亚姆（Omar Khayyam）。张若虚《春江花月夜》，联结月与春、江花、闺怨，李白联结月与酒，个人享乐，求超脱，摆脱世俗的忧虑。

《把酒问月》开始有屈原《天问》意，并不求答，答案是造化自然是永恒的，人生是飘忽的。"月行却与人相随"，自然接近人，人因陷于世俗功名利禄之念不肯亲近自然耳。李白别有《日出入行》："日出东方隈，似从地底来。历天又复入西海，六龙所舍安在哉？"有对宇宙的求知精神。《把酒问月》后面说月的永恒，再后说人生无常。他不消极，从接近自然里得到永恒，与《日出入行》"吾将囊括大块，浩然与溟涬同科"同样意思，人与自然融为一体。此诗表现他的宇宙观和人生观。

2. 任侠

范传正《李公新墓碑》："少以侠自任。"《与韩荆州书》："虽长不满七尺而心雄万夫。"《与裴长史书》述及少年任侠事。魏颢《李翰林集序》云，"少任侠，手刃数人。与友自荆徂扬，路亡。权窆回棹，方暑，亡友糜溃，白收其骨，江路而舟"云云。挥金如土，纵酒好游览，济朋友。《行路难》："昭王白骨萦蔓草，谁人更扫黄金台？行路难，归去来！"自比郭隗、乐毅之流。又有《侠客行》："纵死侠骨香，不惭世上英。谁能书阁下，白首太玄经。"英雄主义。又有《猛虎行》（天宝乱后至宣城作）："有策不敢犯龙鳞，窜身南国避胡尘。宝书玉剑挂高阁，金鞍骏马散故人。"其云："贤哲栖栖古如此，今时亦弃青云士。"自比张良、韩信。《古风》其十，推重鲁仲连，云"吾亦澹荡人，拂衣可同调"。《古风》其十五，推重"燕昭延郭隗，遂筑黄金台"，乃云"奈何青云士，弃我如尘埃"。由此可见，彼亦有用世心，近于纵横家，又似蔺相如、司马相如之人物。与王维好静，尊心禅佛之艺术修养，杜甫自比扬雄之作赋，志于匡君遗失之大臣，气度不同。李白是悲歌慷慨，自负才气的人物。《新唐书》评之曰："喜纵横术、击剑，为任侠，轻财重施。"

总而言之，是英雄浪漫主义。

3. 好道求仙

前述，他的宇宙观"日出东方隈，似从地底来。历天又复入西海，六龙所舍安在哉？其始与终古不息（一作'其行终古不休息'），人非元气，安得与之久徘徊？"（《日出入行》）知人生是短忽，宇宙之终古不息，因之好道求仙。《古风》其四："桃李何处开，此花非我春。惟应清都境，长于韩众亲。"其五："仰望不可及，苍然五情热。吾将营丹砂，永与世人别。"其二八："君子变猿鹤，小人为沙虫。不及广成子，乘云驾轻鸿。"又如《庐山谣寄卢侍御虚舟》："我本楚狂人，凤歌笑孔丘。……早服还丹无世情，琴心三叠道初成。遥见仙人彩云里，手把芙蓉朝玉京。"他既与道士吴筠为友，又同至长安。当时人以为谪仙，又与贺知章等被称为"饮中八仙"，朝列为之赋谪仙之歌。

李阳冰云："天子知其不可留，乃赐金归之。……请北海高天师，授道箓于齐州紫极宫，将东归蓬莱，仍羽人驾丹丘耳。"是确曾受道箓者。《将进酒》云"岑夫子，丹丘生"，丹丘生当为道友也。又有《梦游天姥吟留别》，诗亦多神仙家言。

4. 政治上无所作为

李阳冰云："（玄宗）降辇步迎，如见绮皓。"盖以隐逸之士待之。他在政治上无所作为。李阳冰云："出入翰林中，问以国政，潜草诏诰，人无知者。丑正同列，害能成谤，格言不入，帝用疏之。"乐史则谓为高力士、杨贵妃所阻（《新唐书》《旧唐书》略同）。魏颢云："吾观白之文义，有济代命。"刘全白《唐故翰林学士李君碣记》："玄宗辟翰林待诏。因为和蕃书，并上《宣唐鸿猷》一篇。上重之，欲以纶诰之任委之，同列者所谤，诏令归山，遂浪迹天下。"不幸禄山之乱，玄宗西巡，永王璘辟为僚佐，以此获罪。《旧唐书》曰："永王璘为江淮兵马都督、扬州节度大使，白在宣州谒见，遂辟从事。"不知白去谒，抑为永王璘所征聘。白有《经乱离后天恩流夜郎忆旧游书怀赠江夏韦太守良宰》一首长诗，为自叙之作，甚详。首云：原为谪仙，误逐世间，"学剑翻自哂，为文竟何成？剑非万人敌，文窃四海声"。到过幽州，"君王弃北海"，到长安，辞官，祖饯。安贼之乱，"两京遂丘墟"。永王璘"帝子许专征，秉旄控强楚。……仆卧香炉顶，餐霞漱瑶泉。门开九江转，枕下五湖连。半夜水军来，寻阳满旌旃。空名适自误，迫胁上楼船。徒赐五百金，弃之若浮烟。辞官不受赏，翻谪夜郎天"云云，则知其非自去谒王，乃王所征辟耳。此诗末之"君登凤池去，忽弃贾生才"，有托韦太守援引意，亦可怜也。

李白思想的主要矛盾是自然与人生的矛盾。自然永恒，人生短暂。"人非元气，安得与之久徘徊？""今人不见古时月，今月曾经照古人。古人今人若流水，共看明月皆如此。"从自然中得到永恒，从诗歌中得到永恒，把酒来消遣人生。追求神仙、学道，以求永恒。

第二个矛盾是清高与名位思想的矛盾。李白有用世心，而放浪不羁，不称意则思隐居。"人生在世不称意，明朝散发弄扁舟。""张良未逐赤松去，桥边黄石知我心。"表其心思耳。

二、李白的诗

南北朝实施门阀制度，贵族政治。隋唐进士制度，吸收高级知识分子到统治集团，做压迫人民的帮凶和帮闲。这些知识分子出身于封建地主或官僚家庭，从下面爬上来，迎合国君权相、公卿贵人，或者不得意而反抗，或者有清高思想，借作品发牢骚，常处在热衷世事与清高为人的矛盾之中。

李白并非进士，做翰林供奉。不次的恩遇，非正途出身。他诗才杰出，不受羁勒，如应进士科倒未必得意。他绝少宫艳体诗，他的诗从建安文学出来，以建安为风范，与谢朓、鲍照近。

他的诗有热烈的感情，他是一位天才诗人。

李白继陈子昂为复古派中人物。其《古风》五十九首第一首云：

> 大雅久不作，吾衰竟谁陈？
>
> 王风委蔓草，战国多荆榛。
>
> 龙虎相啖食，兵戈逮狂秦。
>
> 正声何微茫，哀怨起骚人。
>
> 扬马激颓波，开流荡无垠。
>
> 废兴虽万变，宪章亦已沦。
>
> 自从建安来，绮丽不足珍。
>
> 圣代复元古，垂衣贵清真。
>
> 群才属休明，乘运共跃鳞。
>
> 文质相炳焕，众星罗秋旻。
>
> 我志在删述，垂辉映千春。
>
> 希圣如有立，绝笔于获麟。

这首诗写得很严正，他对于诗推崇《诗经》正声，又说志在删述，自比孔子。与“我本楚狂人，凤歌笑孔丘”似乎矛盾，此两重人格也。实则他对于诗的理论，属于正统派；他自己的个性，则是浪漫的，仙侠一路。他还推崇建安以前的诗，看不起南朝的绮丽文学。其《古风》同阮籍《咏怀》、陈子昂《感遇》的篇章。他的诗的工力可以比上阮嗣宗。

虽然他推崇《诗经》，可是他没有作四言诗，所作的以五古、七古为最多，可见古之难复了。其论诗又云："梁陈以来，艳薄斯极，沈休文又尚以声律，将复古道，非我而谁。"又言："兴寄深微，五言不如四言，七言又其靡也。况使束于声调俳优哉。"他不赞成沈休文一派之声律对偶，宫体靡弱之诗，所以他也绝不提到初唐四杰，不像杜甫那样虚心，诗备众体。李白很少作律诗。

李白诗，擅长古风，多数是乐府古题，古乐府之新作法。从汉魏以迄于南北朝乐府诗题，他几乎都有写作，如《天马歌》《公无渡河》《日出入行》《战城南》《白头吟》《相逢行》《有所思》《短歌行》《长歌行》《采莲曲》《乌夜啼》《乌栖曲》《子夜歌》《襄阳歌》《白纻辞》《将进酒》《行路难》等拟古乐府，而自出心裁。有些乐府诗，虽然不见前人之作，但也非李白创调。在那些乐府古题内，李白诗情奔放，超过古人原作，皆出于古人之上。他的乐府多用杂言及长短句，才气纵横，非格律所能束缚。如《将进酒》《蜀道难》。六朝乐府他亦学，如《白纻辞》《子夜四时歌》《长干行》《乌栖曲》，都很清丽。他是结束汉魏六朝的诗歌，集汉魏六朝诗体大成。他的乐府如天马行空，不受羁縻。

他并不像杜甫那样自己立乐府题目，写当时时事。李白的只是抒情诗，并不记事，是超时代的作家。

略有与时事有关的如《怨歌行》，题下注云："长安见内人出嫁，友人令余代为之。"与《邯郸才人嫁为厮养卒妇》同意，又如《东海有勇妇》，注云：代《关中有贤女》。代即拟的意思，《关中有贤女》原乃汉鼙舞歌，此虽是拟古乐府，所咏为时事，诗中云"北海李使君，飞章奏天庭"。指李北海邕。又如《凤笙篇》，王琦谓送一道流应诏入京之作。《远别离》，萧士赟以为刺国家授柄于李林甫。《蜀道难》一诗，范摅《云溪友议》、洪驹父《诗话》、《新唐书·严武传》谓严武欲杀房琯、杜甫，李白为房、杜危而作此诗；唯孟棨《本事诗》《唐摭言》《唐书·李白传》谓白见贺知章，以《蜀道难》示之，则为天宝初时作，而严武镇蜀在至德后，不相及也。沈存中《梦溪笔谈》谓古本李集《蜀道难》下有注云："讽章仇兼琼也。"萧士赟注李集谓见玄宗幸蜀时作，在天宝末，故言剑阁之难行，又曰"问君西游何时还"，君指明皇也。胡震亨谓但是拟古乐府，白，蜀人，自为蜀咏耳。此说如允，余皆好事者穿凿。

李白《猛虎行》虽亦是乐府诗，但咏时事，"秦人半作燕地囚，胡马翻衔洛阳草"。言禄山之叛，天宝十四载（755）十二月东京之破，封常清战败，高仙芝引兵退守潼关，贼掠子女玉帛悉送范阳也。李白"窜身南国避胡尘"，客于宣城，与张旭会于溧阳酒楼，作此诗，以张良、韩信比己及旭，慨叹不遇。"一输一失关下兵"，一输指高仙芝退兵，一失指明皇斩仙芝、常清。

白才气纵横，乐府诗中常用杂言、长短句，近汉乐府，亦近鲍照，是以杜甫称其"清新庾开府，俊逸鲍参军"。与庾信实不近，其一身低首者为谢宣城。《宣城谢朓楼饯别校书叔云》云："蓬莱文章建安骨，中间小谢又清发。"在《金陵城西楼月下吟》诗中又云："解道澄江净如练，令人长忆谢玄晖。"是其晚年爱宣城之风景，故而特提谢朓。以彼才力，小谢非其匹也。

总之，唐人作乐府，并非完全拟古，兼存《诗经》讽刺时事之义。此则李白较少，而杜甫、白居易则最为注重此义焉。

白五、七绝句亦佳，惟不善五、七律。

前引杜甫《饮中八仙歌》云："李白一斗诗百篇，长安市上酒家眠。天子呼来不上船，自称臣是酒中仙。"贺知章曾许李白为谪仙人，又杜甫《苏端薛复筵简薛华醉歌》云：

"坐中薛华善醉歌，歌辞自作风格老。近来海内为长句，汝与山东李白好。"亦称李白善为醉歌也。杜甫自己也有《醉时歌》《醉歌行》等题，诗中并不单说喝酒，乃是酬赠、送别之作。如李白《将进酒》《前有樽酒行》《把酒问月》等篇，皆所谓醉歌也。醉歌者，即席作诗，以助酒兴。如曹操《短歌行》"对酒当歌"之意。李白一生诗酒风流，颇似阮籍，其信仰道家神仙亦然。豪放奔逸，与渊明之洁身自好、躬耕贫苦者又不同。李白有仙侠气，渊明调融儒道，温然纯粹。渊明愿隐，李白愿用世而不得意。虽随吴筠得玄宗知遇为翰林供奉，迄未得官。及天宝乱后，为永王璘辟为僚佐，璘谋乱兵败，白坐流夜郎，赦还，客死当涂。

《将进酒》是彰显李白诗酒风流的代表作，极富思想与个性。诗中岑夫子或谓岑参，丹丘生或谓元丹丘。"黄河之水"句，兴也，"不复回"，兴人生年华一去不复返。以"逝水流年"起，下言饮酒尽欢为乐。陈王，陈思王曹植，他的《名都篇》有"归来宴平乐，美酒斗十千"句。"钟鼓馔玉"言富贵。

《前有樽酒行》，此诗比《将进酒》更为蕴藉。

《日出入行》用汉乐府旧题，翻新，长短句古奥，然毕竟是唐人。全诗充分表现诗人对宇宙和人生的探求精神。

《月下独酌》和《把酒问月》都写诗与月与酒的融合。《把酒问月》比《月下独酌》来得好，《月下独酌》说理多，情感少。此诗说理更深且广。写月即自然是永恒的，人生是飘忽的。诗歌自然，酒遣人生。东坡《水调歌头》自此出。李白《把酒问月》诗分四叠，换韵，歌曲体，酒与月的交融，时与空的交错，淋漓尽致。东坡《水调歌头》开头"明月几时有，把酒问青天"，显然从李白《把酒问月》"青天有月来几时，我今停杯一问之"来。同样是把酒问月，与李白问宇宙、说人生不同，苏东坡后半阕归结到讲别离。

《宣城谢朓楼饯别校书叔云》诗发端忆念过去，烦忧现在，不从私交说，就人生感慨说，得其大。送秋雁，象征送客远游。其次，说到谢朓楼。"抽刀断水"，宾，比喻；"举杯消愁"，主。以流水喻思念、喻忧愁，可以与建安诗人徐干的《室思》"思君如流水，何有穷已时"的诗句作一比较，亦可以李后主《虞美人》词"问君能有几多愁，恰似一江春水向东流"的诗句中加以印证。

《扶风豪士歌》见其豪爽。乱时有用世意，以后入永王璘幕府，见其有意用世。此诗显示清高思想与名位思想的矛盾。末两句"张良未逐赤松去，桥边黄石知我心"点出。

白于天宝之乱，少有描述，其《上皇西巡南京歌》十首，有云"九天开出一成都，万户千门入画图。草树云山如锦绣，秦川得及此间无"。又云"谁道君王行路难，六龙西幸万人欢。地转锦江成渭水，天回玉垒作长安"。又云"少帝长安开紫极，双悬日月照乾坤"。白，蜀人，且他自己在南方，作此等歌颂语，与杜甫之在长安，作《哀江头》之痛哭流涕，感慨绝不相同。杜甫关怀时局，忧念蒸黎，李白不很关心。又如《永王东巡歌》十一首，说到"龙蟠虎踞帝王州，帝子金陵访古丘"，又云"试借君王玉马鞭，指挥戎虏坐琼筵。南风一扫胡尘静，西入长安到日边"。据其后来自己坦白是当时"迫胁上楼船"的，但在此歌中所说，确是赞助王子立功之意，未始不肯为永王用也。文人转侧，难于主张。

白之绝句《苏台览古》："旧苑荒台杨柳新，菱歌清唱不胜春。只今惟有西江月，曾照吴王宫里人。"《黄鹤楼送孟浩然之广陵》："故人西辞黄鹤楼，烟花三月下扬州。孤帆远影碧空尽，惟见长江天际流。"《闻王昌龄左迁龙标遥有此寄》："杨花落尽子规啼，闻道龙标过五溪。我寄愁心与明月，随君直到夜郎西。"《峨眉山月歌》："峨眉山月半轮秋，影入平羌江水流。夜发清溪向三峡，思君不见下渝州。"以上四首，皆见其风韵。

相传《菩萨蛮》《忆秦娥》等小词，皆托名李白，宋人混入白集者，即《清平调》三章，乐史所艳称者，亦恶俗不类，品格低下。乐史，北宋人，新得此三首诗，并有明皇贵妃赏芍药故事（见乐史《李翰林别集序》），实为可疑，非史实。白集另有《宫中行乐词》八首，注云奉诏作。亦真伪不辨。比较观之，尚较《清平调》三章为胜。

也曾轻裘快马，也曾
看尽盛唐繁华

他，一位翩翩少年，策马奔腾，游历四方，曾是大唐的『资深旅游博主』；中年偶遇李白，竟成了他的『迷弟』；晚年在乱世漂泊，吃不饱，穿不暖，心中却依旧惦念着黎民苍生。他一蹙眉，补全了半个乱世。

杜甫

胡适

历历开元事，分明在眼前。

无端盗贼起，忽已岁时迁！（杜甫）

八世纪中叶（755），安禄山造反。当时国中久享太平之福，对于这次大乱，丝毫没有准备。故安禄山、史思明的叛乱不久便蔓延北中国，两京破陷，唐朝的社稷几乎推翻了。后来还是借了外族的兵力，才把这次叛乱平定。然而中央政府的威权终不能完全恢复了，贞观、开元的盛世终不回来了。

这次大乱来得突兀，惊醒了一些人的太平迷梦。有些人仍旧过他们狂醉高歌的生活；有些人还抢着贡谀献媚，作他们的《灵武受命颂》《凤翔出师颂》；但有些人却觉悟了，变严肃了，变认真了，变深沉了。这里面固然有个人性情上的根本不同，不能一概说是时势的影响。但我们看天宝以后的文学新趋势，不能不承认时势的变迁同文学潮流有很密切的关系。

> 忆昔开元全盛日，小邑犹藏万家室。
>
> 稻米流脂粟米白，公私仓廪俱丰实。
>
> 九州道路无豺虎，远行不劳吉日出。
>
> ……
>
> 宫中圣人奏《云门》，天下朋友皆胶漆。
>
> 百余年间未灾变，叔孙礼乐萧何律。
>
> 岂闻一绢直万钱，有田种谷今流血！
>
> 洛阳宫殿烧焚尽，宗庙新除狐兔穴。
>
> 伤心不忍问耆旧，复恐初从离乱说。
>
> ……（杜甫《忆昔》）

时代换了，文学也变了。八世纪下半的文学与八世纪上半截然不同了。最不同之点就是那严肃的态度与深沉的见解。文学不仅是应试与应制的玩意儿了，也不仅是仿作乐府歌词供教坊乐工歌妓的歌唱或贵人公主的娱乐了，也不仅是勉强作壮语或勉强说大话，想象从军的辛苦或神仙的境界了。八世纪下半以后，伟大作家的文学要能表现人生，——不是那想象的人生，是那实在的人生：民间的实在痛苦，社会的实在问题，国家的实在状况，人生的实在希望与恐惧。

向来论唐诗的人都不曾明白这个重要的区别。他们只会笼统地夸说"盛唐"，却不知道开元天宝的诗人与天宝以后的诗人，有根本上的大不同。开元天宝是盛世，是太平世；故这个时代的文学只是歌舞升平的文学，内容是浪漫的，意境是做作的。八世纪中叶以后的社会是个乱离的社会；故这个时代的文学是呼号愁苦的文学，是痛定思痛的文学，内容是写实的，意境是真实的。

这个时代已不是乐府歌词的时代了。乐府歌词只是一种训练，一种引诱，一种解放。天宝以后的诗人从这种训练里出来，不再作这种仅仅仿作的文学了。他们要创作文学了，要创作"新乐府"了，要作新诗表现一个新时代的实在的生活了。

这个时代的创始人与最伟大的代表是杜甫。元结、顾况也都想作"新乐府"表现时代的苦痛，故都可说是杜甫的同道者。这个风气大开之后，元稹、白居易、张籍、韩愈、柳宗元、刘禹锡相继起来，发挥光大这个趋势，八世纪下半与九世纪上半（755—850）的文学遂成为中国文学史上一个最光华灿烂的时期。

故七世纪的文学（初唐）还是儿童时期，王梵志、王绩等人直是以诗为游戏而已。朝廷之上，邸第之中，那些应酬应制的诗，更是下流的玩意儿，更不足道了。开元天宝的文学只是少年时期，体裁大解放了，而内容颇浅薄，不过是酒徒与自命为隐逸之士的诗而已。以政治上的长期太平而论，人称为"盛唐"；以文学论，最盛之世其实不在这个时期。天宝末年大乱以后，方才是成人的时期。从杜甫中年以后，到白居易之死（846），其间的诗与散文都走上了写实的大路，由浪漫而回到平实，由天上而回到人间，由华丽而回到平淡，都是成人的表现。

杜甫，字子美，襄阳人。他的祖父杜审言，是武后、中宗时的一个有名文学家，与李峤、苏味道、崔融为"文章四友"。杜甫早年家很贫，奔波吴越齐鲁之间。他有《奉赠韦左丞丈诗》，叙他早年的生活云：

甫昔少年日，早充观国宾。

读书破万卷，下笔如有神。

赋料扬雄敌，诗看子建亲。

李邕求识面，王翰愿卜邻。

自谓颇挺出，立登要路津。

致君尧舜上，再使风俗淳。

此意竟萧条，行歌非隐沦。

骑驴三十载，旅食京华春。

朝扣富儿门，暮随肥马尘。

残杯与冷炙，到处潜悲辛。

主上顷见征，欻然欲求伸。

青冥却垂翅，蹭蹬无纵鳞。（天宝中，诏征天下士有一艺者，皆得诣京师就选。李林甫抑之，奏令考试，道无一人得第者。）

……

天宝九年（750），他献《三大礼赋》。表文中说：

臣生陛下淳朴之俗，行四十载矣。

其赋中明说三大礼皆将在明年举行，故蔡兴宗作《杜甫年谱》系此事于天宝九年，因据唐史，三大礼（朝献太清宫，享太庙，祀天地于南郊）皆在十年。蔡谱说他这年三十九岁。以此推知他生于先天元年壬子（712）。

他献赋之后，玄宗命宰相考试他的文章，试后授他河西尉，他不愿就。改为右卫率府胄曹。他有诗云：

忆献三赋蓬莱宫，自怪一日声辉赫。

集贤学士如堵墙，观我落笔中书堂。

……（《莫相疑行》）

又云：

不作河西尉，凄凉为折腰。

老夫怕趋走，率府且逍遥。（《官定后戏赠》）

他这时候做的是闲曹小官，同往来的是一班穷诗人，如郑虔之类。但他很关心时政，感觉时局不能乐观，屡有讽刺的诗，如《丽人行》《兵车行》等篇。他是个贫苦的诗人，有功名之志，而没有进身的机会。他从那"骑驴三十载"的生活里观察了不少的民生痛苦，从他个人的贫苦的经验里体认出人生的实在状况，故当大乱爆发之先已能见到社会国家的危机了。他在这个时代虽然也纵饮狂歌，但我们在他的醉歌里往往听得悲哀的叹声：

但觉高歌有鬼神，焉知饿死填沟壑！

这已不是歌颂升平的调子了。到天宝末年（755），他到奉先县去看他的妻子，

……

入门闻号咷，幼子饥已卒！

……

他在这种惨痛里回想社会国家的危机，忍不住了，遂尽情倾吐出来，成为《自京赴奉先县咏怀五百字》，老老实实地揭穿所谓开元天宝盛世的黑幕。墨迹未干，而大乱已不可收拾了。

大乱终于来了。那年十二月，洛阳失陷。明年（756）六月，潼关不守，皇帝只好西奔；长安也攻破了。七月，皇太子即位于灵武，是为肃宗。杜甫从奉先带了家眷避往鄜州；他自己奔赴新皇帝的行在，途中陷于贼中，到次年夏间始得脱身到凤翔行在。肃宗授他为左拾遗。九月，西京克复；十月，他跟了肃宗回京。他在左拾遗任内，曾营救宰相房琯，几乎得大罪。房琯贬为刺史，杜甫出为华州司功参军，时在乾元元年（758）。他这一年到过洛阳，次年（759）九节度的联兵溃于相州，郭子仪退守东都，杜甫那时还在河南，作有许多纪兵祸的新诗。

这一年（759）的夏天，他还在华州，有《早秋苦热》诗云：

> 七月六日苦炎蒸，对食暂餐还不能。
> ……
> 束带发狂欲大叫，簿书何急来相仍！
> 南望青松架短壑，安得赤脚踏层冰！

又有《立秋后题》云：

平生独往愿，惆怅年半百。

罢官亦由人，何事拘形役？

《新唐书》云：

  关辅饥，（甫）辄弃官去，客秦州，负薪采橡栗
自给。

依上引的《立秋后题》诗看来，似是他被上司罢官，并
非他自己弃官去。《旧书》不说弃官事，但说：

  时关畿乱离，谷食踊贵。甫寓居成州同谷县，
自负薪采栢。儿女饿殍者数人。

乾元二年（759）立秋后往秦州，冬十月离秦州，十一
月到成州，十二月从同谷县出发往剑南，有诗云：

  始来兹山中，休驾喜地僻。

  奈何迫物累，一岁四行役？

  ……

平生懒拙意，偶值栖遁迹。

去住与愿违，仰慙林间翮。（《发同谷县》）

大概他的南行全是因为生计上的逼迫。

他从秦中迁到剑南，是时裴冕镇成都，为他安顿在成都西郭浣花溪。他有诗云：

我行山川异，忽在天一方。

自古有羁旅，我何苦哀伤？

他在成都共六年（760—765），中间经过两次变乱，但却也曾受当局的优待。严武节度剑南时，表杜甫为参谋，检校工部员外郎。《旧唐书》云：

武与甫世旧，待遇甚隆。甫……尝凭醉登武之床，瞪视武曰："严挺之乃有此儿！"武虽急暴，不以为忤。（《新书》纪此事说武要杀他，其母奔救得止；又有"冠钩于帘三"的神话，大概皆不可信。）

永泰元年（765），他南下到忠州。大历元年（766），他移居夔州，在夔凡二年。大历三年（768），他因他的兄弟在荆州，故东下出三峡，到江陵，移居公安，又到岳阳；明年（769），他到潭州，又明年（770）到衡州。他死在"衡岳之间，秋冬之交"（据鲁谱），年五十九。

杜甫的诗有三个时期：第一期是大乱以前的诗，第二期是他身在离乱之中的诗，第三期是他老年寄居成都以后的诗。

杜甫在第一时期过的是那"骑驴三十载"的生活，后来献赋得官，终不能救他的贫穷。但他在贫困之中，始终保持一点"诙谐"的风趣。这一点诙谐风趣是生成的，不能勉强的。他的祖父杜审言便是一个爱诙谐的人；《新唐书》说审言病危将死，宋之问、武平一等一班文人去问病，审言说：

甚为造化小儿相苦，尚何言？然吾在，久压公等；今且死，固大慰。但恨不见替人耳！

这样临死时还忍不住要说笑话，便是诙谐的风趣。有了这样风趣的人，贫穷与病都不容易打倒他、压死他。杜甫很像是遗传得他祖父的滑稽风趣，故终身在穷困之中而意兴不衰颓，风味不干瘪。他的诗往往有"打油诗"的趣味：这句话不是诽谤他，正是指出他的特别风格；正如说陶潜出于应璩，并不是毁谤陶潜，只是说他有点诙谐的风趣而已。

杜甫有《今夕行》，原注云："自齐赵西归，至咸阳作"：

今夕何夕岁云徂，更长烛明不可孤。

咸阳客舍一事无，相与博塞为欢娱。

凭陵大叫呼五白，袒跣不肯成枭卢！

英雄有时亦如此，邂逅岂即非良图？

君莫笑，刘毅从来布衣愿，家无儋石输百万！

这样的"穷开心"便是他祖老太爷临死还要说笑话的遗风。

他在长安做穷官，同广文馆博士郑虔往来最密，常有嘲戏的诗，如下举的一篇：

戏简郑广文虔，兼呈苏司业源明

广文到官舍，系马堂阶下。

醉即骑马归，颇遭官长骂。

才名四十年，坐客寒无毡。

赖有苏司业，时时与酒钱。

他的《醉时歌》也是赠郑虔的，开头几句：

诸公衮衮登台省，广文先生官独冷。

甲第纷纷餍粱肉，广文先生饭不足。

……

也是嘲戏的口气。他又有：

示从孙济

平明跨驴出，未知适谁门。

权门多噂沓，且复寻诸孙。

诸孙贫无事，客舍如荒村。

堂前自生竹，堂后自生萱。

萱草秋已死，竹枝霜不蕃。

淘米少汲水，汲多井水浑。

刈葵莫放手，放手伤葵根。

阿翁懒惰久，觉儿行步奔。

所来为宗族，亦不为盘飧。

小人利口实，薄俗难具论。

勿受外嫌猜，同姓古所敦。

·

这样絮絮说家常，也有点诙谐的意味。

他写他自己的穷苦，也都带一点谐趣。如《秋雨叹》三
首之第一、三两首云：

雨中百草秋烂死，阶下决明颜色鲜。

著叶满枝翠羽盖，开花无数黄金钱。

凉风萧萧吹汝急，恐汝后时难独立。

堂上书生空白头，临风三嗅馨香泣。

长安布衣谁比数？反锁衡门守环堵。

老夫不出长蓬蒿，稚子无忧走风雨。

雨声飕飕催早寒，胡雁翅湿高飞难。

秋来未曾见白日，泥污后土何时干？

苦雨不能出门，反锁了门，闷坐在家里，却有心情嘲弄
草决明，还自嘲长安布衣谁人能比，这便是老杜的特别风

趣。这种风趣到他的晚年更特别发达，成为第三时期的诗的最大特色。

在这第一时期里，他正当中年，还怀抱着报国济世的野心。有时候，他也不免发点牢骚，想抛弃一切去做个隐遁之士。如《去矣行》便是发牢骚的：

君不见鞲上鹰，一饱则飞掣！
焉能作堂上燕，衔泥附炎热？
野人旷荡无靦颜，岂可久在王侯间？
未试囊中餐玉法，明朝且入蓝田山。

传说后魏李预把七十块玉椎成玉屑，每日服食。蓝田山出产美玉，故杜甫说要往蓝田山去试试餐玉的法子。没有饭吃了，却想去餐玉，这也是他寻穷开心的风趣。根本上他是不赞成隐遁的，故说：

行歌非隐沦。

故说：

> 许身一何愚，窃比稷与契！
> ……
> 兀兀遂至今，忍为尘埃没。
> 终愧巢与由，未能易其节。

他自比稷与契，宁可"取笑同学翁"，而不愿学巢父与许由。

当时杨贵妃得宠，杨国忠作宰相，贵妃的姊妹虢国夫人、秦国夫人，都有大权势。杜甫作《丽人行》云：

> 三月三日天气新，长安水边多丽人。
> 态浓意远淑且真，肌理细腻骨肉匀。
> 绣罗衣裳照暮春，蹙金孔雀银麒麟。
> 头上何所有？翠为匌叶垂鬓唇。
> 背后何所见？珠压腰衱稳称身。
> 就中云幕椒房亲，赐名大国虢与秦。
> 紫驼之峰出翠釜，水精之盘行素鳞。
> 犀箸厌饫久未下，鸾刀缕切空纷纶。

黄门飞鞚不动尘，御厨络绎送八珍。

箫管哀吟感鬼神，宾从杂遝实要津。

后来鞍马何逡巡？当轩下马入锦茵。

杨花雪落覆白蘋，青鸟飞去衔红巾。

炙手可热势绝伦，慎莫近前丞相嗔。

此诗讽刺贵戚的威势，还很含蓄。那时虽名为太平之世，其实屡次有边疆上的兵事。北有契丹，有奚，有突厥，西有吐蕃，都时时扰乱边境，屡次劳动大兵出来讨伐。天宝十年（751）剑南节度使鲜于仲通讨云南蛮，大败，死了六万人。有诏书招募两京及河南河北兵去打云南，人民不肯应募；杨国忠遣御史分道捕人，枷送军前。杜甫曾游历各地，知道民间受兵祸的痛苦，故作《兵车行》：

车辚辚，马萧萧，行人弓箭各在腰。

耶娘妻子走相送，尘埃不见咸阳桥。

牵衣顿足拦道哭，哭声直上干云霄。

道旁过者问行人，行人但云点行频。

或从十五北防河，便至四十西营田。

去时里正与裹头，归来头白还戍边。

边庭流血成海水，武皇开边意未已。

君不闻，汉家山东（太行山以东，河北诸郡皆为山东。）二百州，千村万落生荆杞！

纵有健妇把锄犁，禾生陇亩无东西。

况复秦兵耐苦战，被驱不异犬与鸡。

长者虽有问，役夫敢申恨？

且如去年冬，未休关西卒。

县官急索租，租税从何出？

信知生男恶，反是生女好。

生女犹得嫁比邻，生男埋没随百草。

君不见，青海头，古来白骨无人收。

新鬼烦冤旧鬼哭，天阴雨湿声啾啾！

拿这诗来比李白的《战城南》，我们便可以看出李白是仿作乐府歌诗，杜甫是弹劾时政。这样明白的反对时政的诗歌，三百篇以后从不曾有过，确是杜甫创始的。古乐府里有些民歌如《战城南》与《十五从军征》之类，也是写兵祸的惨酷的；但负责地明白攻击政府，甚至于直指皇帝说：

边庭流血成海水，武皇（一本作"我皇"）开
边意未已。

这样的问题诗是杜甫的创体。

但《兵车行》借汉武来说唐事，（诗中说"汉家"，又
说"武皇"。"武皇"是汉武帝；后人曲说为"唐人称太宗
为文皇，玄宗为武皇"。此说甚谬。文皇是太宗谥法，武皇
岂是谥法吗？）还算含蓄。《丽人行》直说虢国秦国夫人，
已是直指当时事了。

但最直截明白地指摘当日的政治社会状况，还算得那一
篇更伟大的作品——《自京赴奉先县咏怀》。

此诗题下今本有注云，"原注，天宝十四载十二月初
作"。这条注大有研究的余地。宋刻"分门集注"本（《四
部丛刊》影印本）卷十二于此诗题下注云："洙曰，天宝
十四载十一月初作。"洙即是王洙，曾注杜诗。这可证此
条注文并非原注，乃是王洙的注语。诗中有"岁暮百草
零""霜严衣带断，指直不得结""群冰从西下，极目高崒
兀"的话，故他考定为十一月初，后人又改为十二月初，而
仍称"原注"！其实此诗无一字提及安禄山之反，故不得定
为大乱已起之作。按《新唐书·玄宗本纪》。

天宝十四载……十月庚寅（初四）幸华清宫。十一月，安禄山反，陷河北诸郡。范阳将何千年杀河东节度使杨光翙。壬申（十七），伊西节度使封常清为范阳，平卢节度使，以讨安禄山。丙子（廿一），至自华清宫。

安禄山造反的消息，十一月月半后始到京，故政府到十七日始有动作。即使我们假定王洙的注文真是原注，那么，十一月初也还在政府得禄山反耗之前，其时皇帝与杨贵妃正在骊山的华清宫避寒，还不曾梦想到渔阳鼙鼓呢。

此诗的全文分段写在下面：

自京赴奉先县咏怀五百字

杜陵有布衣，老大意转拙。

许身一何愚，自比稷与契！

居然成濩落，白首甘契阔。

盖棺事则已，此志常觊豁。

穷年忧黎元，叹息肠内热。

取笑同学翁，浩歌弥激烈。

非无江海志，萧洒送日月；

生逢尧舜君，不忍便永诀。

当今廊庙具，构厦岂云缺？

葵藿倾太阳，物性固难夺。

顾惟蝼蚁辈，但自求其穴。

胡为慕大鲸，辄拟偃溟渤？

以兹悟生理，独耻事干谒。

兀兀遂至今，忍为尘埃没。

终愧巢与由，未能易其节。

沉饮聊自适，放歌颇愁绝。

岁暮百草零，疾风高冈裂。

天衢阴峥嵘，客子中夜发。

霜严衣带断，指直不得结。

凌晨过骊山，御榻在嵽嵲（华清宫在骊山汤泉）。

蚩尤（雾也）塞寒空，蹴踏崖谷滑。

瑶池气郁律，羽林相摩戛。

君臣留欢娱，乐动殷樛嶱。（"樛嶱"一作"胶葛"。）

赐浴皆长缨，与宴非短褐。

彤庭所分帛，本自寒女出。

104

鞭挞其夫家，聚敛贡城阙。

圣人筐篚恩，实欲邦国活。

臣如忽至理，君岂弃此物。

多士盈朝廷，仁者宜战栗。

况闻内金盘，尽在卫霍室。

中堂舞神仙，烟雾蒙玉质。

暖客貂鼠裘，悲管逐清瑟。

劝客驼蹄羹（参看《丽人行》中"紫驼之峰出翠釜"。当时贵族用骆驼背峰及蹄为珍肴），霜橙压香橘。

朱门酒肉臭，路有冻死骨！

荣枯咫尺异，惆怅难再述。

北辕就泾渭，官渡又改辙。

群冰从西下，极目高崒兀。

疑是崆峒来，恐触天柱折。

河梁幸未坼，枝撑声窸窣。

行旅相攀援，川广不可越。

老妻寄异县，十口隔风雪。

谁能久不顾？庶往共饥渴。

入门闻号咷，幼子饥已卒！

吾宁舍一哀？里巷亦呜咽。

所愧为人父，无食致夭折。

岂知秋未登，贫窭有仓卒？

生常免租税，名不隶征伐，

抚迹犹酸辛，平人固骚屑。

默思失业徒，因念远戍卒，

忧端齐终南，澒洞不可掇！

　　这首诗作于乱前，旧说误以为禄山反后作，便不好懂。杜甫这时候只是从长安到奉先县省视妻子，入门便听见家人号哭，他的小儿子已饿死了！这样的惨痛使他回想个人的遭际、社会的种种不平，使他回想途中经过骊山的行宫所见所闻的欢娱奢侈的情形，他忍不住了，遂发愤把心里的感慨尽情倾吐出来，作为一篇空前的弹劾时政的史诗。

　　从安禄山之乱起来时，到杜甫入蜀定居时，这是杜诗的第二时期。这是个大乱的时期；他仓皇避乱，也曾陷在贼中，好容易赶到凤翔，得着一官，不久又贬到华州。华州之后，他又奔走流离；到了成都以后，才有几年的安定。他在乱离之中，发为歌诗：观察愈细密，艺术愈真实，见解愈深沉，意境愈平实忠厚，这时代的诗遂开后世社会问题诗的风气。

他陷在长安时，眼见京城里的种种惨状，有两篇最著名的诗：

哀江头

少陵野老吞声哭，春日潜行曲江曲。

江头宫殿锁千门，细柳新蒲为谁绿？

忆昔霓旌下南苑，苑中万物生颜色。

昭阳殿里第一人，同辇随君侍君侧。

辇前才人带弓箭，白马嚼啮黄金勒；

翻身向天仰射云，一箭正坠双飞翼。

明眸皓齿今何在？血污游魂归不得。

清渭东流剑阁深，去住彼此无消息。

人生有情泪沾臆，江水江花岂终极？

黄昏胡骑尘满城，欲往城南忘南北。

哀王孙

长安城头头白乌，夜飞延秋门上呼。

又向人家啄大屋，屋底达官走避胡。

金鞭断折九马死，骨肉不得同驰驱。

腰下宝玦青珊瑚，可怜王孙泣路隅。

问之不肯道姓名，但道困苦乞为奴。

已经百日窜荆棘，身上无有完肌肤。

高帝子孙尽隆准，龙种自与常人殊。

豺狼在邑龙在野，王孙善保千金躯。

不敢长语临交衢，且为王孙立斯须。

昨夜东风吹血腥，东来骆驼满旧都。

朔方健儿好身手，昔何勇锐今何愚？

窃闻太子已传位，圣德北服南单于。

花门剺面请雪耻，慎勿出口他人狙！

哀哉王孙慎勿疏！五陵佳气无时无。

《哀王孙》一篇借一个杀剩的王孙，设为问答之辞，写的是这一个人的遭遇，而读者自能想象都城残破时皇族遭杀戮的惨状。这种技术从古乐府《上山采蘼芜》《日出东南隅》等诗里出来，到杜甫方才充分发达。《兵车行》已开其端，到《哀王孙》之作，技术更进步了。这种诗的方法只是摘取诗料中的最要紧的一段故事，用最具体的写法叙述那一段故事，使人从那片段的故事里自然想象得出那故事所涵的意义与所代表的问题。说的是一个故事，容易使人得一种明了的印象，故最容易感人。杜甫后来作《石壕吏》等诗，也是用这种具体的，说故事的方法。后来白居易、张籍等人继续仿作，这种方法遂成为社会问题新乐府的通行技术。

杜甫到了凤翔行在，有墨制准他往鄜州看视家眷，他有一篇《北征》，纪此次旅行。《北征》是他用气力做的诗，但是在文学艺术上，这篇长诗只有中间叙他到家的一段有点精彩，其余的部分只是有韵的议论文而已。那段最精彩的是：

　　……

　　潼关百万师，往者散何卒！

　　遂令半秦民，残害为异物。

　　况我堕胡尘，及归尽华发。

　　经年至茅屋，妻子衣百结。

　　恸哭松声回，悲泉共幽咽。

　　平生所娇儿，颜色白胜雪。

　　见耶背面啼，垢腻脚不袜。

　　床前两小女，补绽才过膝。

海图坼波涛，旧绣移曲折。

天吴及紫凤，颠倒在短褐。

老夫情怀恶，呕泄卧数日。

那无囊中帛，救汝寒凛慄？

粉黛亦解包，衾裯稍罗列。

瘦妻面复光，痴女头自栉。

学母无不为，晓妆随手抹。

移时施朱铅，狼藉画眉阔。

生还对童稚，似欲忘饥渴。

问事竞挽须，谁能即嗔喝？

翻思在贼愁，甘受杂乱聒。

新归且慰意，生理焉能说？

……

　　这一段很像左思的《娇女》诗。在极愁苦的境地里，却能同小儿女开玩笑，这便是上文说的诙谐的风趣，也便是老杜的特别风趣。他又有《羌村》三首，似乎也是这时候作的，也都有这种风趣：

羌村

（一）

峥嵘赤云西，日脚下平地。

柴门鸟雀噪，归客千里至。

妻孥怪我在，惊定还拭泪。

世乱遭飘荡，生还偶然遂。

邻人满墙头，感叹亦歔欷。

夜阑更秉烛，相对如梦寐。

（二）

晚岁迫偷生，还家少欢趣。

娇儿不离膝，畏我复却去。

忆昔好追凉，故绕池边树。

萧萧北风劲，抚事煎百虑。

赖知禾黍收，已觉糟床注。

如今足斟酌，且用慰迟暮。

（三）

群鸡正乱叫，客至鸡斗争。

驱鸡上树木，始闻叩柴荆。

父老四五人，问我久远行。

手中各有携，倾榼浊复清。

苦辞酒味薄，黍地无人耕。

兵革既未息，儿童尽东征。

请为父老歌，艰难愧深情。

歌罢仰天叹，四座泪纵横。

　　《北征》像左思的《娇女》，《羌村》最近于陶潜。钟嵘说陶诗出于应璩、左思，杜诗同他们也都有点渊源关系。应璩作谐诗，左思的《娇女》也是谐诗，陶潜与杜甫都是有诙谐风趣的人，诉穷说苦都不肯抛弃这一点风趣。因为他们有这一点说笑话作打油诗的风趣，故虽在穷饿之中不至于发狂，也不至于堕落。这是他们几位的共同之点，又不仅仅是同作白话谐诗的渊源关系呵。

　　这时期里，他到过洛阳，正值九节度兵溃于相州；他眼见种种兵祸的惨酷，作了许多记兵祸的诗，《新安吏》《潼关吏》《石壕吏》《新婚别》《垂老别》《无家别》诸篇为这时期里最重要的社会问题诗。我们选几首作例：

新安吏

客行新安道，喧呼闻点兵。

借问新安吏："县小更无丁？"

"府帖昨夜下，次选中男行。"

中男绝短小，何以守王城？

肥男有母送，瘦男独伶俜。

白水暮东流，青山犹哭声。

莫自使眼枯，收汝泪纵横！

眼枯即见骨，天地终无情。

我军取相州，日夕望其平。

岂意贼难料，归军星散营？

就粮近故垒，练卒依旧京。

掘壕不到水，牧马役亦轻。

况乃王师顺，抚养甚分明。

送行勿泣血，仆射如父兄。（仆射指郭子仪。）

石壕吏

暮投石壕村，有吏夜捉人。

老翁逾墙走，老妇出门看。

吏呼一何怒，妇啼一何苦！

听妇前致词："三男邺城戍。

一男附书至，二男新战死。

存者且偷生，死者长已矣！

室中更无人，惟有乳下孙。

有孙母未去，出入无完裙。

老妪力虽衰，请从吏夜归，

急应河阳役，犹得备晨炊。"

夜久语声绝，如闻泣幽咽。

天明登前途，独与老翁别。

《石壕吏》的文学艺术最奇特。捉人拉夫竟拉到了一位抱孙的祖老太太，时世可想了！

无家别

寂寞天宝后，园庐但蒿藜。

我里百余家，世乱各东西。

存者无消息，死者为尘泥。

贱子因阵败，归来寻旧蹊。

久行见空巷，日瘦气惨凄，

但对狐与狸，竖毛怒我啼。

四邻何所有？一二老寡妻。

宿鸟恋本枝，安辞且穷栖。

方春独荷锄，日暮还灌畦。

县吏知我至，召令习鼓鞞。

虽从本州役，内顾无所携。

近行止一身，远去终转迷。

家乡既荡尽，远近理亦齐。

永痛长病母，五年委沟溪。

生我不得力，终身两酸嘶。

人生无家别，何以为蒸黎！

这些诗都是从古乐府歌辞里出来的，但不是仿作的乐府歌辞，却是创作的"新乐府"。杜甫早年也曾仿作乐府，如《前出塞》九首、《后出塞》五首，都属于这一类。这些仿作的乐府里也未尝没有规谏的意思，如《前出塞》第一首云：

戚戚去故里，悠悠赴交河。

公家有程期，亡命婴祸罗。

君已富土境，开边一何多！

弃绝父母恩，吞声行负戈。

但总括《出塞》十余篇看来，我们不能不承认这些诗都是泛泛的从军歌，没有深远的意义，只是仿作从军乐府而已。杜甫在这时候经验还不深刻，见解还不曾成熟，他还不知战争生活的实在情形，故还时时勉强作豪壮语，又时时勉强作愁苦语。如《前出塞》第六首云：

挽弓当挽强，用箭当用长。

射人先射马，擒贼先擒王。

杀人亦有限，立国自有疆。

苟能制侵陵，岂在多杀伤？

又第八首云：

单于寇我垒，百里风尘昏。

雄剑四五动，彼军为我奔。

虏其名王归，系颈授辕门。

潜身备行列，一胜何足论？

都是勉强作壮语。又如第七首云：

驱马天雨雪，军行入高山。

迳危抱寒石，指落层冰间。

已去汉月远，何时筑城还？

浮云暮南征，可望不可攀。

便是勉强作苦语。这种诗都是早年的尝试，他们的精神与艺术都属于开元天宝的时期；他们的意境是想象的，说话是做作的。拿他们来比较《石壕吏》或《哀王孙》诸篇，很可以观时世与文学的变迁了。

乾元二年（759），杜甫罢官后，从华州往秦州，从秦州往同谷县，从同谷县往四川。他这时候已四十八岁了。乱离的时世使他的见解稍稍改变了；短时期的做官生活又使他明白他自己的地位了。他在秦州有《杂诗》二十首，其中有云：

黄鹄翅垂雨，苍鹰饥啄泥。

……

不意书生耳，临衰厌鼓鞞。

又云：

唐尧真自圣，野老复何知？

晒药能无妇？应门幸有儿。

……

为报鸳行旧，鹪鹩在一枝。

他对于当日的政治似很失望。他曾有《洗兵马》一篇，很明白地指斥当日政治界的怪现状。此诗作于"收京后"：

京师皆骑汗血马，回纥喂肉葡萄宫。

二三豪俊为时出，整顿乾坤济时了。

……

攀龙附凤势莫当，天下尽化为侯王。

汝等岂知蒙帝力，时来不得夸身强？

……

寸地尺天皆入贡，奇祥异瑞争来送。

不知何国致白环，复道诸山得银瓮。

隐士休歌《紫芝曲》，词人解撰《河清颂》。

……

安得壮士挽天河，净洗甲兵长不用！

这时候两京刚克复，安史都未平，北方大半还在大乱之中，哪有"寸地尺天皆入贡"的事？这样的蒙蔽，这样的阿谀谄媚，似乎很使杜甫生气。《北征》诗里，他还说：

虽乏谏诤姿，恐君有遗失。

……

挥涕恋行在，道途犹恍惚。

……

他现在竟大胆地说：

唐尧真自圣，野老复何知？

这是绝望的表示。肃宗大概是个很昏庸的人，受张后与李辅国等的愚弄，使一班志士大失望。杜甫晚年（肃宗死后）有《忆昔》诗，明白指斥肃宗道：

关中小儿（指李辅国，他本是闲厩马家小儿）坏纪纲，张后不乐上为忙。
……

这可见杜甫当日必有大不满意的理由。政治上的失望使他丢弃了那"自比稷与契"的野心，所以他说：

为报鸳行旧，鹪鹩在一枝。

从此以后，他打定主意，不妄想"致君尧舜上"了。从此以后，——尤其是他到了成都以后——他安心定志以诗人终老了。

从杜甫入蜀到他死时，是杜诗的第三时期。在这时期里，他的生活稍得安定，虽然仍旧很穷，但比那奔走避难的乱离生活毕竟平静得多了。那时中原仍旧多事，安史之乱经过八年之久，方才平定；吐蕃入寇，直打到京畿；中央政府的威权旁落，各地的"督军"（藩镇）都变成了"土皇帝"，割据的局面已成了。杜甫也明白这个局面，所以打定主意过他穷诗人的生活。他并不赞成隐遁的生活，所以他并不求"出世"，他只是过他安贫守分的生活。这时期的诗大都是写这种简单生活的诗。丧乱的余音自然还不能完全忘却，依人的生活自然总有不少的苦况；幸而杜甫有他的诙谐风趣，所以他总寻得事物的滑稽的方面，所以他处处可以有消愁遣闷的诗料，处处能保持他那打油诗的风趣。他的年纪大了，诗格也更老成了；晚年的小诗纯是天趣，随便挥洒，不加雕饰，都有风味。这种诗上接陶潜，下开两宋的诗人。因为他无意于作隐士，故杜甫的诗没有盛唐隐士的做作气；因为他过的真是田园生活，故他的诗真是欣赏自然的诗。

试举一首诗，看他在穷困里的诙谐风趣：

茅屋为秋风所破歌

八月秋高风怒号，卷我屋上三重茅。

茅飞渡江洒江郊，高者挂罥长林梢，

下者飘转沉塘坳。南村群童欺我老无力，

忍能对面为盗贼。公然抱茅入竹去，

唇焦口燥呼不得。归来倚杖自叹息。

俄顷风定云墨色，秋天漠漠向昏黑。

布衾多年冷似铁，娇儿恶卧踏里裂。

床头屋漏无干处，雨脚如麻未断绝。

自经丧乱少睡眠，长夜沾湿何由彻！

安得广厦千万间，大庇天下寒士俱欢颜，

风雨不动安如山。呜呼！

何时眼前突兀见此屋，吾庐独破受冻死亦足！

在这种境地里还能作诙谐的趣话，这真是老杜的最特别的风格。

他的滑稽风趣随处皆可以看见。我们再举几首作例：

百忧集行

忆年十五心尚孩，健如黄犊走复来。

庭前八月梨枣熟，一日上树能千回。

即今倏忽已五十，坐卧只多少行立。

强将笑语供主人，悲见生涯百忧集。

入门依旧四壁空，老妻觀我颜色同。

痴儿未知父子礼，叫怒索饭啼门东。

下面的一首便像是"强将笑语供主人"的诗：

遭田父泥饮，美严中丞

步屧随春风，村村自花柳。

田翁逼社日，邀我尝春酒。

酒酣夸新尹，畜眼未见有。

回头指大男："渠是弓弩手，

名在飞骑籍，长番岁时久。

前日放营农，辛苦救衰朽。

差科死则已，誓不举家走。

今年大作社，拾遗能住否？"

叫妇开大瓶，盆中为吾取。

感此气扬扬，须知风化首。

语多虽杂乱，说尹终在口。

朝来偶然出，自卯将及酉。

久客惜人情，如何拒邻叟？

高声索果栗，欲起时被肘。

指挥过无礼，未觉村野丑。

月出遮我留，仍嗔问升斗。

　　白话诗多从打油诗出来。杜甫最爱作打油诗遣闷消愁，他的诗题中有"戏作俳谐体遣闷"一类的题目。他作惯了这种嘲戏诗，他又是个最有谐趣的人，故他的重要诗（如《北征》）便常常带有嘲戏的风味，体裁上自然走上白话诗的大路。他晚年无事，更喜欢作俳谐诗，如上文所举的几首都可以说是打油诗的一类。后人崇拜老杜，不敢说这种诗是打油诗，都不知道这一点便是读杜诗的诀窍：不能赏识老杜的打油诗，便根本不能了解老杜的真好处。试看下举的诗：

夜归

夜来归来冲虎过，山黑家中已眠卧。

傍见北斗向江低，仰看明星当空大。

庭前把烛嗔两炬，峡口惊猿闻一个。

白头老罢舞复歌，杖藜不睡谁能那？（此诗用土音，第四句"大"音堕；末句"那"音娜，为"奈何"二字的合音。）

这自然是俳谐诗，然而这位老诗人杖藜不睡，独舞复歌，这是什么心境？所以我们不能不说这种打油诗里的老杜乃是真老杜呵。

我们这样指出杜甫的诙谐的风趣，并不是忘了他的严肃的态度、悲哀的情绪。我们不过要指出老杜并不是终日拉长了面孔，专说忠君爱国话的道学先生。他是一个诗人，骨头里有点诗的风趣；他能开口大笑，却也能吞声暗哭。正因为他是个爱开口笑的人，所以他的吞声哭使人觉得格外悲哀、格外严肃。试看他晚年的悲哀：

夜闻觱篥

夜闻觱篥沧江上，衰年侧耳情所向。

邻舟一听多感伤，塞曲三更歘悲壮。

积雪飞霜此夜寒，孤灯急管复风湍。

君知天下干戈满，不见江湖行路难。

观公孙大娘弟子舞剑器行

大历二年（767，那年杜甫五十六岁）十月十九日，夔府别驾元持宅，见临颖李十二娘舞剑器，壮其蔚跂，问其所师。曰："余，公孙大娘弟子也。"开元五载（717，那时他六岁），余尚童稚，记于郾城观公孙氏舞剑器浑脱（剑器是一种舞，浑脱也是一种舞），浏漓顿挫，独出冠时。自高头宜春梨园二伎坊内人，泊外供奉，晓是舞者，圣文神武皇帝（玄宗。）初，公孙一人而已。玉貌绣衣，况余白首！今兹弟子亦匪盛颜。既辨其由来，知波澜莫二。抚事慷慨，聊为《剑器行》。……

昔有佳人公孙氏，一舞剑器动四方。

观者如山色沮丧，天地为之久低昂。

爧如羿射九日落，矫如群帝骖龙翔。

来如雷霆收震怒，罢如江海凝清光。

绛唇珠袖两寂寞，晚有弟子传芬芳。

临颍美人在白帝，妙舞此曲神扬扬。

与余问答既有以，感时抚事增惋伤。

先帝侍女八千人，公孙剑器初第一。

五十年间似反掌，风尘澒洞昏王室。

梨园弟子散如烟，女乐余姿映寒日。

金粟堆（旧注，金粟堆在明皇泰陵之北）南木
已拱，瞿塘石城草萧瑟。

玳筵急管曲复终，乐极哀来月东出。

老夫不知其所往，足茧荒山转愁疾。

江南逢李龟年

天宝盛时，乐工李龟年特承宠顾，于洛阳大起
宅第，奢侈过于王侯。乱后他流落江南，每为人歌
旧曲，座上闻者多掩泣罢酒。

岐王宅里寻常见，崔九（原注，殿中监崔涤，
中书令崔湜之弟）堂前几度闻。

正是江南好风景，落花时节又逢君！

有时候，他为了中原的好消息，也很高兴：

闻官军收河南河北

剑外忽传收蓟北，初闻涕泪满衣裳。

却看妻子愁何在，漫卷诗书喜欲狂。

白日放歌须纵酒，青春作伴好还乡。

即从巴峡穿巫峡，便下襄阳向洛阳。

但中原的局势终不能叫人乐观。内乱不曾完全平定，吐蕃又打到长安了。政治上的腐败更使杜甫伤心。

释闷

四海十年不解兵，犬戎也复临咸京！

……

豺狼塞路人断绝，烽火照夜尸纵横。

天子亦应厌奔走，群公固合思升平。

但恐诛求不改辙，闻道璧孽能全生。

江边老翁错料事，眼暗不见风尘清！

这个时期里，他过的是闲散的生活，耕田种菜，摘苍耳，种莴苣（即莴笋），居然是一个农家了。有时候，他也不能忘掉时局。

不眠忧战伐，无力正乾坤。

但他究竟是个有风趣的人，能自己排遣，又能从他的田园生活里寻出诗趣来。他晚年作了许多"小诗"，叙述这种简单生活的一小片、一小段、一个小故事、一个小感想，或一个小印象。有时候他试用律体来作这种"小诗"；但律体是不适用的。律诗须受对偶与声律的拘束，很难没有凑字凑句，很不容易专写一个单纯的印象或感想。因为这个缘故，杜甫的"小诗"常常用绝句体，并且用最自由的绝句体，不拘平仄，多用白话。这种"小诗"是老杜晚年的一大成功，替后世诗家开了不少的法门；到了宋朝，很有些第一流诗人仿作这种"小诗"，遂成中国诗的一种重要的风格。

下面选的一些例子可以代表这种"小诗"了：

春水生　二绝

二月六夜春水生，门前小滩浑欲平。

鸬鹚鸂鶒莫漫喜，吾与汝曹俱眼明！

一夜水高二尺强，数日不可更禁当。

南市津头有船卖，无钱即买系篱旁。

绝句漫兴　九之七

眼见客愁愁不醒，无赖春色到江亭。

即遣花开深造次，便觉莺语太丁宁。

手种桃李非无主，野老墙低还似家。

恰似春风相欺得，夜来吹折数枝花！

熟知茅斋绝低小，江上燕子故来频。

衔泥点污琴书内，更接飞虫打著人。

二月已破三月来，渐老逢春能几回？

莫思身外无穷事，且尽生前有限杯。

肠断江春欲尽头，杖藜徐步立芳洲。
颠狂柳絮随风去，轻薄桃花逐水流。

糁径杨花铺白毡，点溪荷叶叠青钱。
竹根稚子无人见，沙上凫雏傍母眠。

隔户杨柳弱袅袅，恰似十五女儿腰。
谁谓朝来不作意？狂风挽断最长条。

江畔独步寻花 七之二

江深竹静两三家，多事红花映白花。
报答春光知有处，应须美酒送生涯。

黄四娘家花满蹊，千朵万朵压枝低。
留连戏蝶时时舞，自在娇莺恰恰啼。

三绝句 三之二

楸树馨香倚钓矶，斩新花蕊未应飞。
不如醉里风吹尽，可忍醒时雨打稀？

门外鸬鹚去不来，沙头忽见眼相猜。

自今以后知人意，一日须来一百回。

漫成

江月去人只数尺，风灯照夜欲三更。

沙头宿鹭联拳静，船尾跳鱼拨剌鸣。

绝句

谩道春来好！狂风大放颠，

吹花随水去，翻却钓鱼船。

　　若用新名词来形容这种小诗，我们可说这是"印象主义的"（Impressionistic）艺术，因为每一首小诗都只是抓住了一个断片的影像或感想。绝句之体起于魏晋南北朝间的民歌；这种体裁本只能记载那片段的感想与影像。如《华山畿》中的一首：

奈何许！天下人何限！慊慊只为汝！

这便是写一个单纯的情绪。又如《读曲歌》中的一首云：

折杨柳。百鸟园林啼，道欢不离口。

这便是写一个女子当时心中的印象。她自觉得园林中的百鸟都在那儿歌唱她的爱人，所以她自己的歌唱只是直叙她的印象如此。凡好的小诗都是如此：都只是抓住自然界或人生的一个小小的片段，最单一又最精彩的一小片段。老杜到了晚年，风格老辣透了，故他作这种小诗时，造语又自然，又突兀，总要使他那个印象逼人而来，不可逃避。他控告春风擅入他家吹折数枝花；他嘲笑邻家杨柳有意和春风调戏，被狂风挽断了她的最长条；他看见沙头的鸂鶒，硬猜是旧相识，便同他订约，要他一日来一百回；他看见狂风翻了钓鱼船，偏要说是风把花片吹过去，把船撞翻了！这样顽皮无赖的诙谐风趣便使他的小诗自成一格，看上去好像最不经意，其实是他老人家最不可及的风格。

我们现在要略约谈谈他的律诗。

老杜是律诗的大家，他的五言律和七言律都是最有名的。律诗本是一种文字游戏，最宜于应试、应制、应酬之作；用来消愁遣闷，与围棋、踢球正同一类。老杜晚年作律诗很多，大概只是拿这件事当一种消遣的玩意儿。他说：

陶冶性灵在底物？（"底"是"什么"。）新诗改罢自长吟。孰（一作"熟"）知二谢（谢灵运、谢朓）将能事，颇学阴何苦用心。（《解闷》）

在他只不过"陶冶性灵"而已，但他的作品与风格却替律诗添了不少的声价，因此便无形之中替律诗延长了不少的寿命。

老杜作律诗的特别长处在于力求自然，在于用说话的自然神气来作律诗，在于从不自然之中求自然。最好的例是：

早秋苦热堆案相仍

七月六日苦炎蒸，对食暂餐还不能。

每愁夜中皆是（今本作"自足"，今依一本）蝎，况乃秋后转多蝇。

束带发狂欲大叫，簿书何急来相仍！

南望青松架短壑，安得赤脚踏层冰！

这样作律诗便是打破律诗了。试更举几个例：

九日

去年登高郪县北，今日重在涪江滨。

苦遭白发不相放，羞见黄花无数新。

世乱郁郁久为客，路难悠悠常傍人。

酒阑却忆十年事，肠断骊山清路尘。

二月饶睡昏昏然，不独夜短昼分眠。

桃花气暖眼自醉，春渚日落梦相牵。

故乡门巷荆棘底，中原君臣豺虎边。

安得务农息战斗，普天无吏横索钱！

十二月一日　三首之一

寒轻市上山烟碧，日满楼前江雾黄。

负盐出井此溪女，打鼓发船何郡郎？

新亭举目风景切，茂陵著书消渴长。

春花不愁不烂漫，楚客唯听棹相将。

这都是有意打破那严格的声律，而用那说话的口气。后
来北宋诗人多走这条路，用说话的口气来作诗，遂成一大宗

派。其实所谓"宋诗"，只是作诗如说话而已，他的来源无论在律诗与非律诗方面，都出于学杜甫。

杜甫用律诗作种种尝试，有些尝试是很失败的。如《诸将》等篇用律诗来发议论，其结果只成一些有韵的歌括，既不明白，又无诗意。《秋兴》八首传诵后世，其实也都是一些难懂的诗谜。这种诗全无文学的价值，只是一些失败的诗玩意儿而已。

律诗很难没有杂凑的意思与字句。大概作律诗的多是先得一两句好诗，然后凑成一首八句的律诗。老杜的律诗也不能免这种毛病。如："江天漠漠鸟双去"这是好句子；他对上一句"风雨时时龙一吟"，便是杂凑的了。又如："重露成涓滴，稀星乍有无"。下句是实写，上句便是不通的凑句了。又如："暗飞萤自照，水宿鸟相呼"。上句很有意思，下句便又是杂凑的了。又如："四更山吐月，残夜水明楼。"这真是好句子。但此诗下面的六句便都是杂凑的了。这些例子都可以教训我们：律诗是条死路，天才如老杜尚且失败，何况别人？

马失前蹄练就一支辛辣笔

他幼年丧父，刻苦读书，望有一天终成大器；中年学成后，性格孤僻的他不愿和人交往，就喜欢宅在家。

可他听妈妈的话，三次应试终于榜上有名，他兴奋极了，赶紧回家把好消息告诉了他妈妈。他辗转多年，混个小官，生活刚有起色，又承受连续丧子之痛。究其一生，痛，太痛了！

孟郊

闻一多

孟郊一变前人温柔敦厚的作风，以破口大骂为工，句多凄苦，使人读了不快；但他的快意处也在这里，颇有点像现代人读俄国杜斯妥也夫斯基①小说的那种味道。

孟郊又长于小学，故用字多生僻，可是他的作风却是多方面的。奇句如："唯开文字窗，时写日月容。"（《寻言上人》）长吉即专学这种笔法。他的《赠郑夫子鲂》诗云：

天地入胸臆，吁嗟生风雷。

————————

① 今译"陀思妥耶夫斯基"。

文章得其微，物象由我裁。

宋玉逞大句，李白飞狂才。

苟非圣贤心，孰与造化该？

勉矣郑夫子，骊珠今始胎！

是写作的最高见解，太白亦不可及，又《听蓝溪僧为元居士说维摩经》诗云：

古树少枝叶，真僧亦相依。

山木自曲直，道人无是非。

手持维摩偈，心向居士归。

空景忽开霁，雪花犹在衣。

洗然水溪昼，寒物生光辉。

此写雪景，亦反映孟郊的心境，东坡等喜学此格。《访嵩阳道士不遇》句云：

日下鹤过时，人间空落影。

是双关语，宋诗格调发源于此。古今中外诗境当不脱唐宋人所造的两种境界，前者是浪漫的，后者是写实的；唐人贵熔情而宋人重炼意，所谓炼意，即诗人多谈哲理的作风。

孟郊又有《桐庐山中赠李明府》句云："千山不隐响，一叶动亦闻。"写极静境界妙极。又《怀南岳隐士》颔联云："藏千寻布水，出十八高僧。"在句法上创上一下四格，打破前例，使晚唐和宋人享用无穷。黄山谷（庭坚）赞东坡诗有句云："公如大国楚，吞五湖三江。"即用此格。同诗第二首颈联句云："枫椑楂酒瓮，鹤虱落琴床。"这又是向丑中求美的表现，后来成为宋诗的一种重要特色。

以上所说，只是孟郊在写作见解和诗歌艺术方面的一些创格，他主要的成就还在于对当时人情世态的大胆揭露和激烈攻击。因为孟郊一生穷困潦倒，历尽酸辛，故造语每多凄苦，如：

愁与发相形，一愁白数茎。

有发能几多，禁愁日日生！（《自叹》）

无子抄文字，老吟多飘零。

有时吐向床，枕席不解听。（《老恨》）

惟其生计艰难，故入世最深，深情迸发，形成他愤世骂俗的
突出风格，他是这样怨天尤人：

> 古若不置兵，天下无战争。
>
> 古若不置名，道路无欹倾。
>
> 太行牟巍峨，是天产不平。
>
> 黄河奔浊浪，是天生不清。(《自叹》)

又是那样怒今斥古：

> 詈言不见血，杀人何纷纷。
>
> 声如穷家犬，吠窦何闉闉。
>
> 詈痛幽鬼哭，詈侵黄金贫。
>
> 言词岂用多，憔悴在一闻。
>
> 古詈舌不死，至今书云云。
>
> 今人咏古书，善恶宜自分。
>
> 秦火不爇舌，秦火空爇文。
>
> 所以詈更生，至今横绷缊。(《秋怀》之一)

韩昌黎称他这种骂风叫"不平则鸣"，可见他在继承杜甫的

写实精神之外，还加上了敢骂的特色，它不仅显示了时代的阴影，更加强了写实艺术的批判力量。这和后来苏轼鼓吹的"每饭不忘君父"的杜甫精神显然是对立的，无怪东坡对他要颇有微词了。拿白居易的《秦中吟》《新乐府》诸作和孟诗相比，那无非是士人在朝居官任内写的一些宣扬政教的政治文献而已，一朝去职外迁，便又写他的"感伤诗""闲适诗"去了。因此，他的最大成就只能是《长恨歌》《琵琶行》，而不是其他。不像孟郊是以毕生精力和亲身的感受用诗向封建社会提出血泪的控诉，它动人的力量当然要远超过那些代人哭丧式的纯客观描写，它是那么紧紧扣人心弦，即使让人读了感到不快，但谁也不能否认它展开的是一个充满不平而又是活生生的有血有肉的真实世界，使人读了想到自己该怎么办。所以，从中国诗的整个发展过程来看，我认为最能结合自己生活实践继承发扬杜甫写实精神，为写实诗歌继续向前发展开出一条新路的，似乎应该是终生苦吟的孟东野，而不是知足保和的白乐天。

『双向奔赴』的友情，并床三宿话平生

贞元九年（793），他（元稹）以明经擢第；贞元十六年（800），他（白居易）登进士第。之后他们一同入朝为书判拔萃科，一起创作『新乐府』。他们有着共同的兴趣爱好，有着相同的政治使命；他们的诗歌追求也如出一辙。可以说他们是心意相通的人生知己，是可以托付终身的生死之交。他们虽没有血缘关系，却胜似亲兄弟！

元稹　白居易（节选）

胡适

　　九世纪的初期——元和、长庆的时代——真是中国文学史上一个很光荣灿烂的时代。这时代的几个领袖文人，都受了杜甫的感动，都下了决心要创造一种新文学。中国文学史上的大变动向来都是自然演变出来的，向来没有有意的、自觉的改革。只有这一个时代可算是有意的、自觉的文学革新时代。这个文学革新运动的领袖是白居易与元稹，他们的同志有张籍、刘禹锡、李绅、李馀、刘猛等。他们不但在韵文方面做革新的运动。在散文的方面，白居易与元稹也曾做一番有意的改革，与同时的韩愈、柳宗元都是散文改革的同志。

元稹，字微之，河南人，本是北魏拓跋氏帝室之后。他九岁便能作文，少年登"才识兼茂，明于体用"科，他为第一，除右拾遗；因他锋芒太露，为执政所忌，屡次受挫折，后来被贬为江陵府士曹参军，量移通州司马。他的好友白居易那时也被贬为江州司马。他们往来赠答的诗歌最多，流传于世；故他们虽遭贬逐，而文学的名誉更大。元和十四年（819），他被召回京。穆宗为太子时，已很赏识元稹的文学；穆宗即位后，升他为祠部郎中，知制诰。知制诰是文人最大的荣誉，而元稹得此事全出于皇帝的简任，不由于宰相的推荐，故他很受相府的排挤。但元稹用散体古文来作制诰，对于向来的骈体制诰诏策是一种有意的革新。（看他的《元氏长庆集》，《四部丛刊》本。）《新唐书》说他"变诏书体，务纯厚明切，盛传一时"。《旧唐书》说他的辞诰"复然与古为侔，遂盛传于代"。

穆宗特别赏识他，两年之中，遂拜他为宰相（822）。当时裴度与他同做宰相，不很瞧得起这位骤贵的诗人，中间又有人挑拨，故他们不能相容，终于两人同时罢相。元稹出为同州刺史，转为越州刺史；他喜欢越中山水，在越八年，作诗很多。文宗太和三年（829），他回京为尚书左丞；次年（830），检校户部尚书，兼鄂州刺史、御史大夫、武昌军节度使。五年（831）七月，死于武昌，年五十三（生于779）。

白居易，字乐天，下邽人，生于大历七年（772），在杜甫死后的第三年。他自己叙他早年的历史如下：

> 仆始生六七月时，乳母抱弄于书屏下，有指"之"字"无"字示仆者，仆口未能言，心已默识。后有问此二字者，虽百十其试而指之不差。……及五六岁，便学为诗。九岁谙识声韵。十五六，始知有进士，苦节读书。二十已来，昼课赋，夜课书，间又课诗，不遑寝息矣。以至于口舌成疮，手肘成胝，既壮而肤革不丰盈，未老而齿发早衰白，……盖以苦学力文之所致。又自悲家贫多故，年二十七，方从乡试。既第之后，虽专于科试，亦不废诗。（《与元九书》）

贞元十四年（798），他以进士就试，擢甲科，授秘书省校书郎。宪宗元和二年（807），召入翰林为学士；明年，拜左拾遗。他既任谏官，很能直言。元稹被谪，他屡上疏切谏，没有效果。五年（810），因母老家贫，自请改官，除为京兆府户曹参军。明年，丁母忧；九年（814），授太子左赞善大夫。

当时很多人忌他，说他浮华无行，说他的母亲因看花堕井而死，而他作《赏花》诗及《新井》诗，"甚伤名教"。他遂被贬为江州司马。他自己说这回被贬逐其实是因为他的诗歌讽刺时事，得罪了不少人。他说：

> 凡闻仆《贺雨诗》，众口籍籍以为非宜矣。闻仆《哭孔戡诗》，众面脉脉，尽不悦矣。闻《秦中吟》，则权豪贵近者相目而变色矣。闻《登乐游原》寄足下诗，则执政柄者扼腕矣。闻《宿紫阁村》诗，则握军要者切齿矣。……不相与者，号为沽誉，号为诋讦，号为讪谤。苟相与者，则如牛僧孺之诫焉。乃至骨肉妻孥，皆以我为非也。其不我非者，举世不过三两人。……

元和十三年冬（818—819），他量移忠州刺史。他自浔阳浮江上峡，带他的兄弟行简同行；明年三月，与元稹会于峡口；在夷陵停船三日，他们三人在黄牛峡口石洞中，置酒赋诗，恋恋不能诀别。

元和十四年冬（819—820），他被召还京师；明年（820），升主客郎中，知制诰。那时元稹也召回了，与他同知制诰。长庆元年（821），转中书舍人。《旧唐书》说：

> 时天子荒纵不法，执政非其人，制御乖方，河朔复乱。居易累上疏论其事，天子不能用，乃求外任。〔二年〕（822）七月，除杭州刺史。俄而元稹罢相，自冯翊转浙东观察使，交契素深，杭越邻境，篇咏往来，不间旬浃。尝会于境上，数日而别。

他在杭州秩满后，除太子左庶子，分司东都。宝历中（825—826），复出为苏州刺史。文宗即位（827），征拜秘书监，明年转刑部侍郎，封晋阳县男，食邑三百户。太和三年（829），他称病东归，求为分司官，遂除太子宾客分司。《旧唐书》说：

> 居易初……蒙英主特达顾遇，颇欲奋厉效报。苟致身于讦谟之地，则兼济生灵。蓄意未果，望风为当路者所挤，流徙江湖。四五年间，几沦蛮瘴。

自是宦情衰落，无意于出处，唯以逍遥自得，吟咏情性为事。太和已后，李宗闵、李德裕朋党事起，是非排陷，朝升暮黜，天子亦无如之何。杨颖士、杨虞卿与宗闵善，居易妻，颖士从父妹也。居易愈不自安，惧以党人见斥，乃求致身散地，冀于远害。凡所居官，未尝终秩，率以病免，固求分务，识者多之。

太和五年（831），他做河南尹；七年（833），复授太子宾客分司。（洛阳为东都，故各官署皆有东都"分司"，如明朝的南京、清朝的盛京；其官位与京师相同，但没有事做。）他曾在洛阳买宅，有竹木池馆，有家妓樊素蛮子能歌舞，有琴有书，有太湖之石，有华亭之鹤。他自己说：

水香莲开之旦，露清鹤唳之夕，拂杨石（杨贞一所赠），举陈酒（陈孝仙所授法子酿的），援崔琴（崔晦叔所赠），弹姜《秋思》（姜发传授的；《旧唐书》脱"姜"字，今据《长庆集》补），颓然自适，不知其他。酒酣琴罢。又命乐童登中岛亭，合奏《霓裳散序》，声随风飘，或凝或散，悠

扬于竹烟波月之际者久之。曲未竟，而乐天陶然石上矣。（《池上篇》自序）

开成元年（836），除同州刺史，他称病不就；不久，又授他太子少傅，进封冯翊县开国侯。会昌中，以刑部尚书致仕。他自己说他能"栖心释梵，浪迹老庄"；晚年与香山僧如满结香火社，白衣鸠杖，往来香山，自称香山居士。他死在会昌六年（846），年七十五。[《旧唐书》作死于大中元年（847），年七十六。此从《新唐书》及李商隐撰的《墓志》。]

白居易与元稹都是有意作文学改新运动的人：他们的根本主张，翻成现代的术语，可说是为人生而作文学！文学是救济社会，改善人生的利器；最上要能"补察时政"，至少也须能"洩导人情"；凡不能这样的，都"不过嘲风雪，弄花草而已"。白居易在江州时，作长书与元稹论诗（《白氏长庆集》卷二十八，参看《旧唐书》本传所引），元稹在通州也有"叙诗"长书寄白居易（《元氏长庆集》卷三十）。这两篇文章在文学史上要算两篇最重要的宣言。我们先引白居易书中论诗的重要道：

圣人感人心而天下和平。感人心者，莫先乎情，莫始乎言，莫切乎声，莫深乎义。诗者：根情，苗言，华声，实义。上自贤圣，下至愚騃，微及豚鱼，幽及鬼神，群分而气同，形异而情一，未有声入而不应、情交而不感者。圣人知其然，因其言，经之以六义；缘其声，纬之以五音。音有韵，义有类。韵协则言顺，言顺则声易入。类举则情见，情见则感易交。于是乎孕大含深，贯微洞密，上下通而二气泰，忧乐合而百志熙。

这是诗的重要使命。诗要以情为根，以言为苗，以声为华，以义为实。托根于人情而结果在正义，语言声韵不过是苗叶花朵而已。

洎周衰秦兴，采诗官废，上不以诗补察时政，下不以歌泄导人情。用至于谄成之风动，救时之道缺。于时六义始刓矣。国风变为骚辞，五言始于苏、李。诗骚皆不遇者，各系其志，发而为文，故河梁之句止于伤别，泽畔之吟归于怨思。彷徨抑郁，不暇及他耳。然去诗未远，梗概尚存。……

虽义类不具，犹得风人之什二三焉。于时六义始
缺矣。

这就是说，《楚辞》与汉诗已偏向写主观的怨思，已不
能做客观地表现人生的工作了。

晋、宋已还，得者盖寡。以康乐（谢灵运）之
奥博，多溺于山水；以渊明之高古，偏放于田园。
江、鲍之流，又狭于此。如梁鸿《五噫》之例者，
百无一二焉。于时六义浸微矣。

陵夷至于梁、陈间，率不过嘲风雪，弄花草而
已。噫！风雪花草之物，《三百篇》中岂舍之乎？顾
所用何如耳。……皆兴发于此，而义归于彼。反是
者可乎哉？然则"余霞散成绮，澄江净如练""离花
先委露，别叶乍辞风"之什，丽则丽矣，吾不知其
所讽焉。故仆所谓嘲风雪，弄花草而已。于时六义
尽去矣。

他在这里固然露出他受了汉朝迂腐诗说的恶影响，把
《三百篇》都看作"兴发于此，而义归于彼"的美刺诗，因

此遂抹煞一切无所为而作的文学。但他评论六朝的文人作品确然有见地，六朝文学的绝大部分真不过"嘲风雪，弄花草"而已。

唐兴二百年，其间诗人不可胜数。所可举者，陈子昂有《感遇》诗二十首，鲍防《感兴》诗十五篇。又诗之豪者，世称李杜。李之作，才矣，奇矣，人不逮矣，索其风雅比兴，十无一焉。杜诗最多，可传者千余首；至于贯穿古今，覼缕格律，尽工尽善，又过于李。然撮其《新安》《石壕》《潼关吏》《塞芦子》《留花门》之章，"朱门酒肉臭，路有冻死骨"之句，亦不过十三四。（《旧唐书》作"三四十"，误。今据《长庆集》。）杜尚如此，况不逮杜者乎？

以上是白居易对于中国诗的历史的见解。在这一点上，他的见解完全与元稹相同。元稹作杜甫的墓志铭，前面附了一篇长序，泛论中国诗的演变，上起《三百篇》，下迄李杜，其中的见解多和上引各节相同。此序作于元和癸巳（813），在白居易寄此长书之前不多年。（看《元氏长庆集》卷五十六。）

元白都受了杜甫的绝大影响。老杜的社会问题诗在当时确是别开生面，为中国诗史开一个新时代。他那种写实的艺术和大胆讽刺朝廷社会的精神，都能够鼓舞后来的诗人，引他们向这种问题诗的路上走。元稹受老杜的影响似比白居易更早。元稹的《叙诗寄乐天书》（《元氏长庆集》卷三十）中自述他早年作诗的政治社会的背景，最可以帮助我们了解当时一班诗人作"讽谕"诗的动机。他说：

　　稹九岁学赋诗，长者往往惊其可教。年十五六，粗识声病。时贞元十年（794）已后，德宗皇帝春秋高，理务因人，最不欲文法吏生天下罪过。外阃节将动十余年不许朝觐，死于其地不易者十八九。而又将豪卒偾之处，因丧负众，横相贼杀，告变骆驿。使者迭窥。旋以状闻天子曰，某色（邑？）将某能遏乱，乱众宁附，愿为帅。名为众情，其实逼诈。因而可之者又十八九。前置介倅因缘交授者，亦十四五。由是诸侯敢自为旨意，有罗列儿孙以自固者，有开导蛮夷以自重者，省寺符篆固几阁，甚者碍诏旨，视一境如一室，刑杀其下，不啻仆畜。厚加剥夺，名为进奉，其实贡入之数百一焉。京城之中，亭第邸店以曲巷断。侯甸之内，水陆腴沃以乡里计，其余奴婢资财，生生之备称是。朝廷大臣以谨慎不言为朴雅。以时进见者，不过一二亲信。直臣义士，往往抑塞。禁省之间，时或缮完陨坠；豪家大帅，乘声相扇，延及老佛，土木妖炽。习俗不怪。上不欲今有司备宫阃中小碎须求，往往持币帛以易饼饵。吏缘其端，剽夺百货，势不可禁。仆时孩骏，不惯闻见，独于书传中初习，理乱萌渐，心体悸震，若不可活，思欲发之久矣。适有人以陈子昂《感遇》诗相示，吟玩激烈，即日为《寄思玄子》诗二十首。……又久之，得杜甫诗数百首，爱其浩荡津涯，处处臻到，始病沈、宋之不存寄兴，而讶子昂之未暇旁备矣。不数年，与诗人杨巨源友善，日课为诗，性复僻懒，人事常有闲暇，间则有作，识足下时有诗数百篇矣。习惯性灵，遂成病蔽。……又不幸，年三十二时有罪谴弃。今三十七矣，五六年之间，是丈夫心力壮时，常在闲处，无所役用。性不近道，未能淡然忘怀，又复懒于他欲。全盛之气，注射语言，杂糅精粗，遂成多大。……

八世纪末年，九世纪初年，唐朝的政治到了很可悲观的田地，少年有志的人都感觉这种状态的危机。元稹自己说他那时候竟是"心体愕震，若不可活"。他们觉得这不是"嘲风雪，弄花草"的时候了，他们都感觉文学的态度应该变严肃了。所以元稹与白居易都能欣赏陈子昂《感遇》诗的严肃态度。但《感遇》诗终不过是发点牢骚而已，"彷徨抑郁，不暇及他"，还不能满足这时代的要求。后来元稹发见了杜甫，方才感觉大满意。杜甫的新体诗便不单是发牢骚而已，还能描写实际的人生苦痛、社会利弊、政府得失。这种体裁最合于当时的需要，故元白诸人对于杜甫真是十分崇拜，公然宣言李杜虽然齐名，但杜甫远非李白所能比肩。元稹说：

> ……至于子美，盖所谓上薄风、骚，下该沈、宋，言夺苏、李，气吞曹、刘，掩颜、谢之孤高，杂徐、庾之流丽，尽得古今之体势，而兼人人之所独专矣。……能所不能，无可无不可，则诗人以来未有如子美者。……（《杜甫墓志铭序》）

这还是大体从诗的形式上立论，虽然崇拜到极点，却不曾指出杜甫的真正伟大之处。白居易说的话便更明白了。他指出李白的诗，"索其风雅比兴，十无一焉"；而杜甫的诗之中，有十之三四是实写人生或讽刺时政的；如"朱门酒肉臭，路有冻死骨"一类的话，李白便不能说，这才是李杜优劣的真正区别。当时的文人韩愈曾作诗道：

李杜文章在，光焰万丈长。

不知群儿愚，那用故谤伤！

蚍蜉撼大树，可笑不自量。

有人说，这诗是讥刺元稹的李杜优劣论的。这话大概没有根据。韩愈的诗只是借李杜来替自己发牢骚，与元白的文学批评没有关系。

元白发愤要作一种有意的文学革新运动，其原因不出于上述的两点：一面是他们不满意于当时的政治状况，一面是他们受了杜甫的绝大影响。老杜只是忍不住要说老实话，还没有什么文学主张。元白不但忍不住要说老实话，还要提出他们所以要说老实话的理由，这便成了他们的文学主张了。白居易说：

仆常痛诗道崩坏，忽忽愤（《长庆集》作"惯"）发，或食辍哺，夜辍寝（此依《长庆集》），不量才力，欲扶起之。

这便是有意要作文学改革。他又说：

> 自登朝来，年齿渐长，阅事渐多；每与人言，多询时务；每读书史，多求理道。（唐高宗名治，故唐人书讳"治"字，多改为"理"字。此处之"理道"即"治道"；上文元氏《叙诗》书的"理务因人""理乱萌渐"，皆与此同。）始知文章合为时而著，歌诗合为事而作。……（《与元九书》）

最末十四个字便是元白的文学主张。这就是说，文学是为人生作的，不是无所为的，是为救人救世作的。白居易自己又说：

> 是时皇帝（宪宗）初即位，宰府有正人，屡降玺书，访人急病。仆当此日，擢在翰林，身是谏官，手请谏纸启奏之外，有可以救济人病，裨补时阙，而难于指言者，辄咏歌之，欲稍稍递进闻于上。

"救济人病，裨补时阙"便是他们认为文学的宗旨。白居易在别处也屡屡说起这个宗旨。如《读张籍古乐府》云：

> 张君何为者？业文三十春，尤工乐府词，举代
> 少其伦。为诗意如何？六义互铺陈；风雅比兴外，
> 未尝著空文。……上可裨教化，舒之济万民。下可
> 理情性，卷之善一身。……

又如他《寄唐生》诗中自叙一段云：

> 我亦君之徒，郁郁何所为？
> 不能发声哭，转作乐府诗。
> 篇篇无空文，句句必尽规。
> ……
> 非求宫律高，不务文字奇。
> 惟歌生民病，愿得天子知。
> ……

唐生即是唐衢，是当时的一个狂士，他最富于感情，常

常为了时事痛哭。故白居易诗中说：

　　唐生者何人？五十寒且饥。

　　不悲口无食，不悲身无衣。

　　所悲忠与义，悲甚则哭之。

　　太尉击贼日（段秀实以笏击朱泚），尚书叱盗
时（颜真卿叱李希烈）。

　　大夫死凶寇（陆长源为乱兵所害），谏议谪蛮
夷（阳城谪道州）。

　　每见如此事，声发涕辄随。

　　……

　　这个人的行为也可以代表一个时代的严肃认真的态度。
他最赏识白居易的诗，白氏《与元九书》中有云："有唐衢
者，见仆诗而泣，未几而衢死。"唐衢死时，白居易有《伤
唐衢》二首，其一有云：

　　忆昨元和初，忝备谏官位。

　　是时兵革后，生民正憔悴。

　　但伤民病痛，不识时忌讳。

160

遂作《秦中吟》，一吟悲一事。

贵人皆怪怒，闲人亦非訾。

天高未及闻，荆棘生满地。

惟有唐衢见，知我平生志。

一读兴叹嗟，再吟垂涕泗。

因和三十韵，手题远缄寄。

致吾陈（子昂）杜（甫）间，赏爱非常意。

……

总之，元白的文学主张是"篇篇无空文，……惟歌生民病"。这就是"文章合为时而著，歌诗合为事而作"的注脚。他们一班朋友，元白和李绅等，努力作讽刺时事的新乐府，即是实行这个文学主义。白居易的《新乐府》五十篇，有自序云：

……其辞质而径，欲见之者易喻也。其言直而切，欲闻之者深诫也。其事核而实，使采之者传信也。其体顺而肆，可以播于乐章歌曲也。总而言之，为君、为臣、为民、为物、为事而作，不为文而作也。

总而言之，文学要为人生而作，不为文学而作。

这种文学主张的里面，其实含有一种政治理想。他们的政治理想是要使政府建立在民意之上，造成一种顺从民意的政府。白居易说：

> 天子之耳不能自聪，合天下之耳听之而后聪也。天子之目不能自明，合天下之目视之而后明也。天子之心不能自圣，合天下之心思之而后圣也。若天子唯以两耳听之，两目视之，一心思之，则十步之内（疑当作"外"）不能闻也，百步之外不能见也，殿庭之外不能知也，而况四海之大，万枢之繁者乎？圣王知其然，故立谏诤讽议之官，开献替启沃之道，俾乎补察遗阙，辅助聪明。犹惧其未也，于是设敢谏之鼓，建进善之旌，立诽谤之木，工商得以流议，士庶得以传言，然后过日闻而德日新矣。……（《策林》七十，《长庆集》卷四十八）

这是很明白的民意政治的主张。（《策林》七十五篇，是元白二人合作的，故代表他们二人的共同主张。）他们又主张设立采诗之官，作为采访民意的一个重要方法。故《策林》六十九云：

> 问：圣人之致理（"理"即"治"，下同）也，在乎酌人言，察人情；而后行为政，顺为教者也。然则一人之耳安得遍闻天下之言乎？一人之心安得尽知天下之情乎？今欲立采诗之官，开讽刺之道，察其得失之政，通其上下之情，子大夫以为如何？

这是假设的问，答案云：

> 臣闻圣王酌人之言，补己之过，所以立理本，导化源也，将在乎选观风之使，建采诗之官，俾乎歌咏之声，讽刺之兴，日采于下，岁献于上者也。所谓言之者无罪，闻之者足以自诫。

他的理由是：

大凡人之感于事则必动于情，然后兴于嗟叹，发于吟咏，而形于歌诗矣。故闻《蓼萧》之诗，则知泽及四海也；闻《禾黍》之咏，则知时和岁丰也；闻《北风》之言，则知威虐及人也；闻《硕鼠》之刺，则知重敛于下也；闻"广袖高髻"之谣，则知风俗之奢荡也；闻"谁其获者妇与姑"之言，则知征役之废业也。故国风之盛衰由斯而见也，王政之得失由斯而闻也，人情之哀乐由斯而知也。然后君臣亲览而斟酌焉：政之废者，修之；阙者，补之；人之忧者，乐之；劳者，逸之。所谓善防川者，决之使导；善理人者，宣之使言。故政有毫发之善，下必知也；教有锱铢之失，上必闻也。则上之诚明，何忧乎不下达？下之利病，何患乎不上知？上下交和，内外胥悦。若此，而不臻至理，不致升平，自开辟以来，未之闻也。

这个主张又见于元和三年（808）白居易作府试官时所拟《进士策问》的第三问，意思与文字都与《策林》相同（《长庆集》卷三十，页二一一二二），可见他们深信这个采诗的制度。白居易在元和四年（809）作《新乐府》五十篇，其第五十篇为《采诗官》，仍是发挥这个主张的，我且引此篇的全文如下：

采诗官　监前王乱亡之由也

采诗官，采诗听歌导人言。

言者无罪闻者诚，下流上通上下泰。

周灭秦兴至隋氏，十代采诗官不置。

郊庙登歌赞君美，乐府艳词悦君意。

若求兴谕规刺言，万句千章无一字。

不是章句无规刺，渐及朝廷绝讽议。

诤臣杜口为冗员，谏鼓高悬作虚器。

一人负扆常端默，百辟入门两自媚。

夕郎所贺皆德音，春官每奏唯祥瑞。

君之堂兮千里远，君之门兮九重閟。

君耳唯闻堂上言，君眼不见门前事。

贪吏害民无所忌，奸臣蔽君无所畏。

君不见，厉王胡亥之末年，群臣有利君无利。

君兮君兮愿听此：欲开壅蔽达人情，先向歌诗求讽刺。

这种政治理想并不是迂腐不能实行的。他们不期望君主个个都是圣人，那是柏拉图的妄想。他们也不期望一班文人的一字褒贬都能使"乱臣贼子惧"，那是孔丘、孟轲的迷梦。他们只希望两种"民意机关"：一是许多肯说老实话的讽刺诗人，一是采访诗歌的专官。那时候没有报馆，诗人便是报馆记者与访员，实写人生苦痛与时政利弊的诗便是报纸，便是舆论。那时没有议会，谏官御史便是议会，采诗官也是议会的一部分。民间有了什么可歌可泣的事，或朝廷官府有了苛税虐政，一班平民诗人便都赶去采访诗料：林步青便编他的滩簧，刘宝全便编他的大鼓书，徐志摩便唱他的硖石调，小热昏便唱他的小热昏。几天之内，街头巷口都是这种时事新诗歌了。于是采诗御史便东采一只小调，西抄一只小热昏，编集起来，进给政府。不多时，苛税也豁免了，虐政也革除了。于是感恩戴德的小百姓，饮水思源，发起募捐大会，铜板夹银毫并到，鹰洋与元宝齐来，一会儿，徐志摩的生祠遍于村镇，而小热昏的铜像也矗立街头。猗欤休哉！文学家的共和国万岁！

文学既是要"救济人病，裨补时阙"，故文学当侧重写实，"删淫辞，削丽藻""黜华于枝叶，反实于根源"。白居易说：

凡今秉笔之徒，率尔而言者有矣，斐然成章者有矣。故歌咏、诗赋、碑碣、赞咏之制，往往有虚美者矣，有愧辞者矣。若行于时，则诬善恶而惑当代；若传于后，则混真伪而疑将来。

　　……

　　且古之为文者，上以纫王教，系国风，下以存炯戒，通讽谕。故惩劝善恶之柄，执于文士褒贬之际焉；补察得失之端，操于诗人美刺之间焉。今褒贬之文无核实，则惩劝之道缺矣。美刺之诗不稽政，则补察之义废矣。虽雕章镂句，将焉用之？

　　臣又闻：稂莠秕稗生于谷，反害谷者也。淫辞丽藻生于文，反伤文者也。故农者耘稂莠，簸秕稗，所以养谷也。王者删淫辞，削丽藻，所以养文也。

　　伏惟陛下：诏主文之司，谕养文之旨，俾辞赋合炯戒讽谕者，虽质，虽野，采而奖之；碑诔有虚美愧辞者，虽华，虽丽，禁而绝之。若然，则为文者，必当尚质抑淫，著诚去伪，小疵小弊荡然无遗矣。（《策林》六十八）

"尚质抑淫，著诚去伪"，这是元白的写实主义。

根据于他们的文学主张，元白二人各有一种诗的分类法。白居易分他的诗为四类：

（1）讽谕诗："自拾遗来，凡所适所感，关于美刺兴比者；又自武德讫元和，因事立题，题为新乐府者。"

（2）闲适诗："或退公独处，或移病闲居，知足保和，吟玩情性者。"

（3）感伤诗："事物牵于外，情理动于内，随感遇而形于叹咏者。"

（4）杂律诗："五言七言，长句绝句，自一百韵至两韵者。"

他自己只承认第一和第二两类是值得保存流传的，其余的都不重要，都可删弃。他说：

> 仆志在兼济，行在独善，奉而始终之则为道，言而发明之则为诗。谓之讽谕诗，兼济之义也；谓之闲适诗，独善之义也。……其余杂律诗，或诱于一时一物，发于一笑一吟，率然成章，非平生所尚者，……略之可也。（《与元九书》）

元稹分他的诗为八类：

（1）古讽："旨意可观，而词近往古者。"

（2）乐讽："意亦可观，而流在乐府者。"

（3）古体："词虽近古，而止于吟写性情者。"

（4）新题乐府："词实乐流，而止于模象物色者。"

（5）律诗

（6）律讽："稍存寄兴，与讽为流者。"

（7）悼亡

（8）艳诗（见《叙诗寄乐天书》）

元氏的分类，体例不一致，其实他也只有两大类：

$$
（一）讽诗\left\{
\begin{array}{l}
（一）古讽 \\
（二）乐讽 \\
（三）律讽
\end{array}
\right.
$$

（二）非讽诗——古体、律体等。

元稹在元和丁酉（817）作《乐府古题序》，讨论诗的分类，颇有精义，也可算是一篇有历史价值的文字。他说：

乐府古题序　丁酉

《诗》讫于周,《离骚》讫于楚。是后诗之流为二十四名:赋、颂、铭、赞、文、诔、箴、诗、行、咏、吟、题、怨、叹、章、篇、操、引、谣、讴、歌、曲、词、调,皆诗人六义之余,而作者之言(《长庆集》作"旨",《全唐诗》同。今依张元济先生用旧抄本校改本)。

由操而下八名,皆起于郊祭、军宾、吉凶、苦乐之际。在音声者,因声以度词,审调以节唱,句度短长之数,声韵平上之差,莫不由之准度。而又别其在琴瑟者为操、引。采民甿者为讴、谣,备曲度者,总得谓之歌、曲、词、调,斯皆由乐以定词,非选调以配乐也。

由诗而下九名,皆属事而作,虽题号不同,而悉谓之为诗可也。后之审乐者,往往采取其词,度为歌曲。盖选词以配乐,非由乐以定词也。

而纂撰者由诗而下十七名,尽编为《乐录》。乐府等题,除《铙吹》《横吹》《郊祀》《清商》等词在《乐志》者,其余《木兰》《仲卿》《四愁》《七哀》之辈，亦未必尽播于管弦，明矣。

后之文人达乐者少，不复如是配别。但遇兴纪题，往往兼以句读短长为歌、诗之异。……况自《风》《雅》至于乐流，莫非讽兴当时之事，以贻后代之人。沿袭古题，唱和重复，于文或有短长，于义咸为赘剩。尚不如寓意古题，刺美见事，犹有诗人引古以讽之义焉。曹、刘、沈、鲍之徒，时得如此，亦复稀少。近代唯诗人杜甫《悲陈陶》《哀江头》《兵车》《丽人》等，凡所歌行，率皆即事名篇，无复倚傍。予少时与友人白乐天、李公垂辈，谓是为当，遂不复拟赋古题。

昨南（各本无"南"字，依张校）梁州见进士刘猛、李馀各赋古乐府诗数十首，其中一二十章咸有新意。予因选而和之。其有虽用古题，全无古义者，若《出门行》不言离别，《将进酒》特书列女之类，是也。其或颇同古义，全创新词者，则《田家》止述军输，《捉捕》词先蝼蚁之类，是也。刘、李二子方将极意于斯文，因为粗明古今歌诗同异之音（似当作"旨"）焉。

他的见解以为汉以下的诗有两种大区别：一是原有乐曲，而后来依曲调而度词；一是原来是诗，后人采取其词，制为歌曲。但他指出，诗的起源虽然关系乐曲，然而诗却可以脱离音乐而独立发展。历史上显然有这样的趋势。最初或采集民间现行歌曲，或乐人制调而文人造词，或文人作诗，而乐工制调。稍后乃有文人仿作乐府，仿作之法也有两种：严格地依旧调，作新词，如曹操、曹丕作《短歌行》，字数相同，显然是同一乐调，这是一种仿作之法。又有些人同作一题，如罗敷故事，或秋胡故事，或秦女休故事，题同而句子的长短、篇章的长短皆不相同，可见这一类的乐府并不依据旧调，只是借题练习作诗，或借题寄寓作者的感想见解而已。这样拟作乐府，已是离开音乐很远了。到杜甫的《兵车行》《丽人行》诸篇，讽咏当时之事，"即事名篇，无复倚傍"，便开"新乐府"的门径，完全脱离向来受音乐拘束或沿袭古题的乐府了。

当时的新诗人之中，孟郊、张籍、刘猛、李馀与元稹都还作旧式的古乐府，但都"有新意"，有时竟"虽用古题，全无古义"。（刘猛、李馀的诗都不传了。）这已近于作新乐府了。元稹与白居易、李绅（公垂）三个人作了不少的新乐府（李绅的新乐府今不传了）。此外如元氏的《连昌宫词》

诸篇，如白氏的《秦中吟》诸篇，都可说是新乐府，都是"即事名篇，无复倚傍"的新乐府。故我们可以说，他们认定新乐府为实现他们的文学主张的最适宜的体裁。

元稹自序他的《新体乐府》道：

> ……昔三代之盛也，士议而庶人谤。又曰："世理（治）则词直，世忌则词隐。"余遭理世而君盛圣，故直其词以示后，使夫后之人谓今日为不忌之时焉。

白居易的新乐府的自序，已引在上文了，其中有云：

> 其辞质而径，欲见之者易喻也。其言直而切，欲闻之者深诚也。其事核而实，使采之者传信也。其体顺而肆，可以播于乐章歌曲也。

要做到这几个目的，只有用白话作诗了。元白的最著名的诗歌大都是白话的。这不是偶然的事，似是有意的主张。据旧时的传说，

白乐天每作诗，令一老妪解之，问曰，"解否？"曰，"解"，则录之。不解，则又复易之。（《墨客挥犀》）

这个故事不见得可靠，大概是出于后人的附会。英国诗人华次华斯（现译"华兹华斯"，Wordsworth）主张用平常说话作诗，后人也造成一种传说，说他每作诗都念给一个老妪听，她若不懂，他便重行修改。这种故事虽未必实有其事，却很可暗示大家公认这几个诗人当时确是有意用平常白话作诗。

近年敦煌石室发见了无数唐人写本的俗文学，其中有《明妃曲》《孝子董永》《季布歌》《维摩变文》等等（另有专章讨论）。我们看了这些俗文学的作品，才知道元白的著名诗歌，尤其是七言的歌行，都是有意仿效民间风行的俗文学的。白居易的《长恨歌》，元稹的《连昌宫词》，与后来的韦庄的《秦妇吟》，都很接近民间的故事诗。白居易自序说他的新乐府不但要"其辞质而径，欲见之者易喻"，还要"其体顺而肆，可以播于乐章歌曲"。这种"顺而肆，可以播于乐章歌曲"的诗体，向哪里去寻呢？最自然的来源便是当时民间风行的民歌与佛曲。试引《明妃传》一段，略表示当时民间流行的"顺而肆"的诗体：

昭军（君）昨夜子时亡，突厥今朝发使忙。

三边走马传胡令，万里非（飞）书奏汉王。

单于是日亲临哭，莫舍须臾守看丧。

解剑脱除天子服，披头还着庶人裳。

衙官坐位刀离面（离面即杜诗所谓"花门剺面"），九姓行哀截耳珰。

□□□□□□□（原文此处为"□"），架上罗衣不重香。

可昔（惜）未殃（央）宫里女，嫁来胡地碎红妆。

……

寒风入帐声犹苦，晓日临行哭未殃（央）。

昔日同眠夜即短，如今独寝觉天长。

何期远远离京兆，不忆（意）冥冥卧朔方。

早知死若埋沙里，悔不教君还帝乡！（《明妃传》残卷，见羽田亨编的《敦煌遗书》，活字本第一集，上海东亚研究会发行。）

175

我们拿这种俗文学来比较元白的歌行，便可以知道他们当日所采"顺而肆"的歌行体是从哪里来的了。

因为元白用白话作诗歌，故他们的诗流传最广。白居易自己说：

> 再来长安，又闻有军使高霞寓者，欲聘倡妓，妓大夸曰："我诵得白学士《长恨歌》，岂同他妓哉？"由是增价。……又昨过汉南日，适遇主人集众乐娱他宾。诸妓见仆来，指而相顾曰："此是《秦中吟》《长恨歌》主耳！"自长安抵江西，三四千里，凡乡校、佛寺、逆旅、行舟之中，往往有题仆诗者。士庶、僧徒、孀妇、处女之口，每每有咏仆诗者。……（《与元九书》）

元稹也说他们的诗，

> 二十年间，禁省观寺邮候墙壁之上无不书，王公妾妇、牛童马走之口无不道。至于缮写模勒，衒卖于市井，或持之以交酒茗者，处处皆是。（"勒"

是雕刻。此处有原注云："扬、越间多作书模勒乐天及予杂诗，卖于市肆之中也。"此为刻书之最早记载。）其甚者，有至于盗窃名姓，苟求是（日本本《白氏长庆集》作"自"）售，杂乱间厕，无可奈何。

予于平水市中（原注：镜湖傍草市名。），见村校诸童竞习诗，召而问之，皆对曰："先生教我乐天、微之诗。"固亦不知予之为微之也。

……

自篇章已来，未有如是流传之广者。（《白氏长庆集序》）

不但他们自己如此说，反对他们的人也如此说。杜牧作李戡的墓志，述戡的话道：

自元和以来，有元、白诗者，纤艳不逞，……流于民间，疏于屏壁；子父女母交口教授；淫言媟语，冬寒夏热，入人肌骨，不可除去。……

元白用平常的说话作诗，他们流传如此之广，"入人肌骨，不可除去"，这是意料中的事。但他们主张诗歌须要能救病济世，却不知道后人竟诋毁他们的"淫言媟语，纤艳不逞"！

这也是很自然的。白居易自己也曾说：

> 今仆之诗，人所爱者，悉不过杂律诗与《长恨歌》巳下耳。时之所重，仆之所轻。至于"讽谕"者，意激而言质；"闲适"者，思澹而词迂：以质合迂，宜人之不爱也。(《与元九书》)

他又批评他和元稹的诗道：

> 顷者在科试间，常与足下同笔砚，每下笔时，辄相顾，共患其意太切而理太周，故理太周则辞繁，意太切则言激。然与足下为文，所长在于此，所病亦在于此。……(《和答诗十首》序)

他自己的批评真说得精辟中肯。他们的讽谕诗太偏重急切收效，往往一气说完，不留一点余韵，往往有史料的价值，而没有文学的意味。然其中确有绝好的诗，未可一笔抹煞。如元稹的《连昌宫词》《织妇词》《田家词》《听弹乌夜啼引》等，都可以算是很好的诗的作品。白居易的诗，可传的更多了。如《宿紫阁山北村》，如《上阳白发人》，如《新丰折臂翁》，如《道州民》，如《杜陵叟》，如《卖炭翁》，都是不朽的诗。白居易最佩服杜甫的"朱门酒肉臭，路有冻死骨"两句，故他早年作《秦中吟》时，还时时模仿老杜这种境界。如《秦中吟》第二首云：

> 昨日输残税，因窥官库门。
>
> 缯帛如山积，丝絮如云屯。
>
> ……
>
> 夺我身上暖，买尔眼前恩！
>
> 进入琼林库，岁久化为尘。

如第三首云：

> 厨有臭败肉，库有贯朽钱。
>
> ……
>
> 岂无穷贱者，忍不救饥寒？

......

如第七首云：

尊罍溢九酝，水陆罗八珍。

......

是岁江南旱，衢州人食人。

如第九首云：

欢酣促密坐，醉暖脱重裘。

秋官为主人，廷尉居上头。

日中为一乐，夜半不能休。

岂知阌乡狱，中有冻死囚！

如第十首云：

一丛深色花，十户中人赋。

这都是模仿老杜的"朱门酒肉臭，路有冻死骨"两句，引申他的意思而已。白氏在这时候的诗还不算能独立。

他作《新乐府》时，虽然还时时显出杜甫的影响，却已是很有自信力，能独立了，能创造了。如《新丰折臂翁》云：

> 是时翁年二十四，兵部牒中有名字。
>
> 夜深不敢使人知，偷将大石锤折臂。
>
> 张弓簸旗俱不堪，从兹始免征云南。
>
> ……

这样朴素而有力的叙述，最是白氏独到的长处。如《道州民》云：

> 城云："臣按《六典》书，任土贡有不贡无。道州水土所生者，只有矮民无矮奴。"……

这样轻轻的十四个字，写出一个人道主义的主张，老杜集中也没有这样大力气的句子。在这种地方，白居易的理解与天才融合为一，故成功最大，最不可及。

但那是一个没有言论自由的时代，又是一个朋党暗斗最厉害的时代。韩愈、柳宗元、刘禹锡、元稹、白居易都是那时代的牺牲者。元白贬谪之后，讽谕诗都不敢作了，都走上了闲适的路，救世主义的旗子卷起了，且做个独善其身的醉吟先生罢。

他强任他强，清风拂山岗

他的一生堪称一部苦情戏：儿时家贫，为填饱肚子只得出家为僧；天赋机敏，还俗应举，却屡试不第；挣扎半生，老年做一小官，却在孤苦中死去。他热爱诗歌，一生都在认真推敲、苦心研究。

贾岛

闻一多

这像是元和、长庆间诗坛动态中的三个较有力的新趋势。这边老年的孟郊，正哼着他那沙涩而带芒刺感的五古，恶毒地咒骂世道人心，夹在咒骂声中的，是卢仝、刘叉的"插科打诨"和韩愈的洪亮的嗓音，向佛、老挑衅。那边元稹、张籍、王建等，在白居易的改良社会的大纛下，用律动的乐府调子，对社会泣诉着他们那各阶层中病态的小悲剧。同时远远的，在古老的禅房或一个小县的廨署里，贾岛、姚合领着一群青年人作诗，为各人自己的出路，也为着癖好，作一种阴黯情调的五言律诗（阴黯由于癖好，五律为着出路）。

老年、中年人忙着挽救人心、改良社会，青年人反不闻不问，只顾躲在幽静的角落里作诗，这现象现在看来不免新奇，其实正是旧中国传统社会制度下的正常状态。不像前两种人，或已"成名"，或已通籍，在权位上有说话做事的机会和责任，这般没功名、没宦籍的青年人，在地位上、职业上可说尚在"未成年"时期，种种对国家、社会的崇高责任是落不到他们肩上的。越俎代庖的行为是情势所不许的，所以恐怕谁也没想到那头上来。有抱负也好，没有也好，一个读书人生在那时代，总得作诗。作诗才有希望爬过第一层进身的阶梯。诗作到合乎某种程式，如其时运也凑巧，果然混得一"第"，到那时，至少在理论上你才算在社会中"成年"了，才有说话做事的资格。否则万一你的诗作得不及或超过了程式的严限，或诗无问题而时运不济，那你只好作一辈子的诗，为责任作诗以自课，为情绪作诗以自遣。贾岛便是在这古怪制度之下被牺牲，也被玉成了的一个。在这种情形下，你若还怪他没有服膺孟郊到底，或加入白居易的集团，那你也可算不识时务了。

贾岛和他的徒众，为什么在别人忙着救世时，自己只顾作诗，我们已经明白了；但为什么单作五律呢？这也许得再说明一下。孟郊等为便于发议论而作五古，白居易等为讲故事而作乐府，都是为了各自特殊的目的，在当时习惯以外，匠心地采取了各自特殊的工具。贾岛一派人则没有那必要。为他们起见，当时最通行的体裁——五律就够了。一则五律与五言八韵的试帖最近，作五律即等于做功课，二则为拈拾点景物来烘托出一种情调，五律也正是一种标准形式。然而作诗为什么老是那一套阴霾、凛冽、峭硬的情调呢？我们在上文说那是由于癖好，但癖好又是如何形成的呢？这点似乎尤其重要。如果再明白了这点，便明白了整个的贾岛。

我们该记得贾岛曾经一度是僧无本。我们若承认一个人前半辈子的蒲团生涯，不能因一旦返俗，便与他后半辈子完全无关，则现在的贾岛，形貌上虽是个儒生，骨子里恐怕还有个释子在。所以一切属于人生背面的、消极的、与常情背道而驰的趣味，都可溯源到早年在禅房中的教育背景。早年记忆中"坐学白骨塔"，或"三更两鬓几枝雪，一念双峰四祖心"的禅味，不但是"独行潭底影，数息树边身，……月落看心次，云生闭目中"一类诗境的蓝本，而且是"瀑布五千仞，草堂瀑布边，……孤鸿来夜半，积雪在诸峰"，甚至"怪禽啼旷野，落日恐行人"

的渊源。他目前那时代——一个走上了末路的，荒凉、寂寞、空虚，一切罩在一层铅灰色调中的时代，在某种意义上与他早年记忆中的情调是调和，甚至一致的。唯其这时代的一般情调，基于他早年的经验，可说是先天的与他不但面熟，而且知心，所以他对于时代，不至如孟郊那样愤恨，或白居易那样悲伤，反之，他却能立于一种超然地位，借此温寻他的记忆，端详它，摩挲它，仿佛一件失而复得的心爱的什物样。早年的经验使他在那荒凉得几乎狰恶的"时代相"前面，不变色，也不伤心，只感着一种亲切、融洽而已。于是他爱静、爱瘦、爱冷，也爱这些情调的象征——鹤、石、冰雪。黄昏与秋是传统诗人的时间与季候，但他爱深夜过于黄昏，爱冬过于秋。他甚至爱贫、病、丑和恐怖。他看不出"鹦鹉惊寒夜唤人"句一定比"山雨滴栖鹉"更足以令人关怀，也不觉得"牛羊识僮仆，既夕应传呼"较之"归吏封宵钥，行蛇入古桐"更为自然。也不能说他爱这些东西。如果是爱，那便太执着而邻于病态了。（由于早年禅院的教育，不执着的道理应该是他早已懂透了的。）他只觉得与它们臭味相投罢了。更说不上好奇。他实在因为那些东西太不奇、太平易近人，才觉得它们"可人"，而喜欢常常注视它们。如同一个三棱镜，毫无主见地准备接受并解析日光中各种层次的色调，无奈"世纪末"的云翳总不给他放晴，因此他最热闹的色调也不过"杏园啼百舌，谁醉在花傍！……身事岂能遂？兰花又已开"和"柳转斜阳过水来"之类。常常是温馨与凄清揉合在一起，"芦苇声兼雨，芰荷香绕灯"，春意留恋在严冬的边缘上，"旧房山雪在，春草岳阳生"。他瞥见的"月影"偏偏不在花上而"在蒲根"，"栖鸟"不在绿杨中而在"棕花上"。是点荒凉感，就逃不脱他的注意，哪怕琐屑到"湿苔粘树瘿"。

以上这些趣味，诚然过去的诗人也偶尔触及，却没有如今这样大量地、彻底地被发掘过，花样、层次也没有这样丰富。我们简直无法想象他给与当时人的，是如何深刻的一个刺激。不，不是刺激，是一种醋畅的满足。初唐的华贵、盛唐的壮丽，以及最近十才子的秀媚，都已腻味了，而且容易引起一种幻灭感。他们需要一点清凉，甚至一点酸涩来换换口味。在多年的热情与感伤中，他们的感情也疲乏了。现在他们要休息。他们所熟习的禅宗与老庄思想也这样开导他们。孟郊、白居易鼓励他们再前进。眼看见前进也是枉然，不要说他们早已声嘶力竭。况且有时在理论上就释、道二家的立场说，他们还觉得"退"才是正当办法。正在苦闷中，贾岛来了，他们得救了，他们惊喜得像发现了一个新天地，真的，这整个人生的半面，犹如一日之中有夜，四时中有秋冬，——为什么老被保留着不许窥探？这里确乎是一个理想的休息场所，让感情与思想都睡去，只感官张着眼睛往有清凉色调的地带涉猎去。"叩齿坐明月，擂颐望白云"，休息又休息。对了，唯有休息可以驱除疲惫，恢复气力，以便应付下一场的紧张。休息，这政治思想中的老方案，在文艺态度上可说是第一次被贾岛发现的。这发现的重要性可由它在当时及以后的势力中窥见。由晚唐到五代，学贾岛的诗人不是数字可以计算的，除极少数鲜明的例外，是向着词的意境与词藻移动的，其余一般的诗人大众，也就是大众的诗人，则全属于贾岛。从这观点看，我们不妨称晚唐五代为贾岛时代。他居然被崇拜到这地步：

> 李洞……酷慕贾长江，遂铜写岛像，戴之巾中，常持数珠念贾岛佛。人有喜贾岛诗者，洞必手录岛诗赠之，叮咛再四曰："此无异佛经，归焚香拜之。"（《唐才子传》九）

南唐孙晟……尝画贾岛像，置于屋壁，晨夕事之。（《郡斋读书志》十八）

上面的故事，你尽可解释为那时代人们的神经病的征象，但从贾岛方面看，确乎是中国诗人从未有过的荣誉，连杜甫都不曾那样老实地被偶像化过；你甚至说晚唐五代之崇拜贾岛，是他们那一个时代的偏见和冲动，但为什么几乎每个朝代的末叶都有回向贾岛的趋势？宋末的四灵，明末的钟、谭，以至清末的同光派，都是如此。不宁唯是。即宋代江西派在中国诗史上所代表的新阶段，大部分不也是从贾岛那份遗产中得来的赢余吗？可见每个在动乱中灭毁的前夕都需要休息，也都要全部地接受贾岛，而在平时，也未尝不可以部分地接受他，作为一种调济，贾岛毕竟不单是晚唐五代的贾岛，而是唐以后各时代共同的贾岛。

长安朱门贵公子，落魄江南载酒行

他是豪门世家的天之骄子，他是风流倜傥的浪荡公子，他潇洒不羁，浑身充满着才子气。尽管这样，他却仍逃不开仕途的坎坷。他的文学创作融百家之长，他还是精通兵法的治国人才。他是乐观的悲观主义者，活得通透淡然！

杜牧

浦江清

　　杜牧（803—852），字牧之，京兆万年（今陕西西安）人。大和二年（828），擢进士第。在江西、淮南等地使幕做了十年幕僚，后擢监察御史，拜殿中侍御史、内供奉，累迁左补阙、史馆修撰，改膳部员外郎。历黄州、池州、睦州刺史，入为司勋员外郎，改吏部员外郎。官终中书舍人。

　　曾为司勋员外郎，故称"杜司勋"。其诗情致豪迈，人号为"小杜"，以别杜甫云。

　　杜牧是晚唐著名诗人。诗高古，亦很正宗。古文也写得好。为人刚直有奇节，敢论国家大事，深谙兵法和经世之道。《罪言》《战论》《守论》《原十六卫》等皆著名文章。还为《孙子》作注。以《罪言》论政事最有名。

穆宗长庆年间，河北三镇叛变，朝廷无能以对，又失河朔。杜牧把治理藩镇的对策写成《罪言》一文。《新唐书·杜牧传》曰："刘从谏守泽潞，何进滔据魏博，颇骄蹇不循法度。牧追咎长庆以来朝廷措置亡术，复失山东，钜封剧镇，所以系天下轻重，不得承袭轻授，皆国家大事，嫌不当位而言，实有罪，故作《罪言》。"他提出上策莫如自治，改善政治；中策莫如取魏，以控制燕赵；最下策是浪战，"不计地势，不审攻守"。

杜牧有著名长篇五古《张好好诗》和《杜秋娘诗》。

歌女张好好在宣州时嫁与杜牧友人沈述师为妾，与杜亦熟识，后被沈遗弃，流落东都洛阳，当垆卖酒。诗人感慨张好好遭遇，"感旧伤怀，故题诗赠之"。

杜牧《杜秋娘诗》序曰："杜秋，金陵女也。年十五，为李锜妾，后锜叛灭，籍之入宫，有宠于景陵。穆宗即位，命秋为皇子傅姆，皇子壮，封漳王。郑注用事，诬丞相欲去异己者，指王为根。王被罪废削，秋因赐归故乡。予过金陵，感其穷且老，为之赋诗。"

诗写杜秋娘一生悲惨遭遇：年轻时被藩镇李锜占为妾；强征入宫，又成了宪宗的宠姬；"事往落花时"，只好做了穆宗之子的保姆；王子犯事，她被赶回故乡。此诗很长，在叙事基础上有抒情，有议论，哲理诗也。写杜秋娘时贵时贱，而终归是统治者的玩物，无法掌握自己的命运。诗人想到自己的境遇，不禁感慨、思索："地尽有何物？天外复何之？指何为而捉？足何为而驰？耳何为而听？目何为而窥？己身不自晓，此外何思惟。因倾一樽酒，题作《杜秋》诗。愁来独长咏，聊可以自怡。"

李义山在《赠司勋杜十三员外》一诗中用赞许的诗句云："杜牧司勋字牧之，清秋一首《杜秋》诗。"

杜牧有《献诗启》一文，说明他的诗歌主张："某苦心为诗，本求高绝，不务奇丽，不涉习俗，不今不古，处于中间。"

杜牧各体诗均有佳作。擅长律绝，七绝更有神韵。牧之善为吊古之什，历来受人称道：

折戟沉沙铁未销，自将磨洗认前朝。

东风不与周郎便，铜雀春深锁二乔。（《赤壁》）

烟笼寒水月笼沙，夜泊秦淮近酒家。

商女不知亡国恨，隔江犹唱《后庭花》。（《泊秦淮》）

长安回望绣成堆，山顶千门次第开。

一骑红尘妃子笑，无人知是荔枝来。[《过华清宫绝句三首》（之一）]

怀古思念，意味深邃。

杜牧写景七绝也有脍炙人口佳作：

远上寒山石径斜，白云生处有人家。

停车坐爱枫林晚，霜叶红于二月花。（《山行》）

千里莺啼绿映红，水村山郭酒旗风。

南朝四百八十寺，多少楼台烟雨中。（《江南春》）

枫林晚景、江南春色写得色彩绚丽而蕴含丰富。

杜牧为诗睥睨元、白。他为李戡作墓志，借李戡之言曰："尝痛自元和以来，有元白诗者，纤艳不逞，非庄士雅人，多为其所破坏。流于民间，疏于屏壁，子父女母，交口教授，淫言媟语，冬寒夏热，入人肌骨，不可除去。"杜牧有《樊川文集》二十卷。

后记
POSTSCRIPT

诗与批评（节选）

闻一多

　　每个诗人都有他独特的风格、作风、意见与态度，这些东西会表现在作品里。一个读者要只单选上一位诗人的东西读，也许不是有益而且有害的，因为，我们无法担保这个诗人是完全对的，我们一定要受他影响，若他的东西有了毒，是则我们就中毒了。鸡蛋是一种良好的食品，既滋补而又可口；但据说多吃了是有毒的，所以我们不能天天只吃鸡蛋，我们要吃些别的东西。读诗也一样，我觉得无妨多读，从庞乱中，可以提取养料来补自己。我们可以读李白、杜甫、陶潜、李商隐、莎士比亚、但丁、雪莱，甚至其他的一切诗人的东西。好些作品混在一起，有毒的部分抵消了，留下滋养的成分；不负责的部分没有了，留下负责的成分。因为，我们知道凡是能够永远流传下去的东西差不多可以说是好的，时间和读者会无情地淘汰坏的作品。我以为我们可以有一个可靠的选本，让批评家精密地为各种不同的人选出适于他们的选本；这位批评家是应该懂得人生，懂得诗，懂得什么是效率，懂得什么是价值的这样一个人。

我以为诗是应该自由发展的。什么形式、什么内容的诗我们都要。我们设想我们的选本是一个治病的药方，那么，里边可以有李白，有杜甫，有陶渊明，有苏东坡，有歌德，有济慈，有莎士比亚；我们可以假想李白是一味"大黄"吧，陶渊明是一味"甘草"吧，他们都有用；我们只要适当地配合起来，这个药方是可以治病的。所以，我们与其去管诗人，叫他负责；我们不如好好地找到一个批评家，批评家不单可以给我们以好诗，而且可以给社会以好诗。

历史是循环的，所以我现在想提到历史来帮助我们了解我们的时代，了解时代赋予诗的意义，了解我们批评诗的态度。封建的时代，我们看得出只有社会，没有个人，《诗经》给他们一个证明。《诗经》的时代过去了，个人从社会里边站出来，于是我们发觉《古诗十九首》实在比《诗经》可爱，《楚辞》实在比《诗经》可爱。因为我们自己现在是个人主义社会里的一员，我们所以喜爱那种个人的表现，我们因之觉得《古诗十九首》比《诗经》亲切。《诗经》的时代过去之后，个人主义社会的趋势已经非常明显了。而且实实在在就果然进到了个人主义社会。这时候只有个人，没有社会。个人是耽沉于自己的享乐，忘记社会，个人是觅求"效率"以增加自己愉悦的感受，忘记自己以外的人群。陶渊明时代有多少人过极端苦难的日子，但他不管，他为他自己写下他闲逸的诗篇。谢灵运一样忘记社会，为自己的愉悦而玩弄文字——当我们想到那时别人的苦难，想着那幅流民图，我们实实在在觉得陶渊明与谢灵运之流是多么无心肝，多么该死——这是个人主义发展到极端了；到了极端，即是宣布了个人主义的崩溃、灭亡。杜甫出来了，他的笔触到广大的社会与人群，他为了这个社会与人群而同其欢乐、同其悲苦，他为社会与人群而振呼。杜甫之后有了白居易，白居易不单是把笔濡染着社会，而且他为当前的事物提出他的主张与见解。诗人从个人的圈子走出来，从小我而走向大我。《诗经》时代只有社会，没有个人；再进而只有个人没有社会；进到这时候，已经是成为个人社会（Individual Society）了。

到这里，我应提出我是重视诗的社会的价值了。我以为不久的将来，我们的社会一定会发展成为"Society of

Individual, Individual for Society"（社会属于个人，个人为了社会）的。诗是与时代同其呼吸的，所以，我们时代不单要用效率论来批评诗，而更重要的是以价值论诗了。因为加在我们身上的将是一个新时代。

诗是要对社会负责了，所以我们需要批评。《诗经》时代何以没有批评呢？因为，那些作品都是负责的。那些作品没有"效率"，但有"价值"，而且全是"教育的价值"，所以不用批评了。（自然，一篇实在没有价值的东西也可以"说"得出价值来的，对这事我们可以不必论及了。）个人主义时代也不要批评，因为诗就只是给自己享受享受而已，反正大家标准一样，批评是多余的；那时候不论价值，因为效率就是价值。（诗话一类的书就只在谈效率，全不能算是批评。）但今天，我们需要批评，而且需要正确而健康的批评。

春秋时代是一个相当美好的时代，那时候政治上保持一种均势。孔子删诗，孔子对于诗作过最好的、最合理的批评。在《左传》上关于诗的批评我认为是对的：孔子注重诗的社会价值。自然，正确的批评是应该兼顾到效率与价值的。

从目前的情形看，一般都只讲求效率了，而忽视了价值，所以我要大声疾呼请大家留心价值。有人以为着重价值就会忽略了效率，就会抹煞了效率；我以为不会，这种担心是多余的。我们不要以为效率会被抹煞，只要看看普遍的情形，我们不是还叫读诗叫欣赏诗吗？我们不是还很重视于字句、声律这些东西吗？社会价值是重要的，我们要诗成为"负责的宣传"，就非得着重价值不可，因为价值实在是被"忽视"了。

诗是社会的产物。若不是于社会有用的工具，社会是不要它的。诗人掘发出了这原料，让批评家把它做成工具，交给社会广大的人群去消化。所以原料是不怕多的，我们什么诗人都要，什么样诗都要；只要制造工具的人技术高，技术精。

我以为诗人有等级的。我们假设说如同别的东西一样分作一等、二等、三等，那么杜甫应该是一等的，因为他的诗博、大。有人说黄山谷、韩昌黎、李义山等都是从杜甫来的，那么，杜甫是包罗了这么多"资源"，而这些资源大部是优良的、美好的。你只念杜甫，你不会中毒；你只念李义山就糟了，你会中毒的，所以李义山只是二等诗人了。陶渊明的诗是美的，我以为他诗里的资源是类乎珍宝一样的东西，美丽而不有用，是则陶渊明应在杜甫之下。

所以，我们需要懂得人生，懂得诗，懂得什么是效率，懂得什么是价值的批评家为我们制造工具、编制选本。但是，谁是批评家呢？我不知道。

诗人串讲录

王绩（约589—644）

唐诗人。字无功，绛州龙门（今山西河津）人。王通之弟。尝居东皋，号东皋子。隋大业中举孝悌廉洁及第，除秘书正字、扬州六合县丞。曾往依窦建德幕下数月。唐初以前官待诏门下省，改太乐丞，后弃官还乡。王绩清高自恃，放诞纵酒，其诗多写饮酒及隐逸田园之趣，赞美嵇康、阮籍和陶潜，嘲讽周、孔礼教，以抒怀才不遇之苦闷。语言朴素自然。也能文。有《王无功文集》。

王勃（649或650—676）

唐文学家。字子安，绛州龙门（今山西河津）人。麟德初应举及第，曾任虢州参军。后往交趾探父，渡海溺水，受惊而死。少时即显露才华。与杨炯、卢照邻、骆宾王以文辞齐名，并称"王杨卢骆"，亦称"初唐四杰"。其诗长于五律，偏于描写个人经历，多思乡怀人、酬赠往还之作，风格清新流丽。其文多为骈体，重辞采而有气势，以《秋日登洪府滕王阁钱别序》（习称《滕王阁序》）最有名。有《王子安集》。

骆宾王（约638—684）

唐文学家。婺州义乌（今属浙江）人。曾任临海丞。后随徐敬业起兵反对武则天，兵败后下落不明，或说被杀。或说为僧，不足信。与王勃等以诗文齐名，为"初唐四杰"之一。其诗以七言歌行见长，多悲愤之词。又善骈文，所作《代李敬业（即徐敬业）传檄天下文》（后人改题作《讨武曌檄》），则天见之，有"宰相因何失如此之人"之叹。有《骆宾王文集》。

卢照邻（约637—约686）

唐诗人。字昇之，号幽忧子，幽州范阳（今河北涿州）人。曾任邓王府典签、新都尉。中年后患风痹症先后居太白山、龙门山、具茨山学道服饵，终投颍水而死。工骈文，尤有诗名，为"初唐四杰"之一。诗擅七言歌行，多愁苦之音。《长安古意》《行路难》等篇述世事变迁、繁华衰谢之感，音节流转，为世所称。有《幽忧子集》。

杨炯（650—约693）

唐诗人。华阴（今属陕西）人。十岁举神童，后授校书郎，官至衢州盈川令。为"初唐四杰"之一。擅长五律。其边塞诗气势较盛，但有些作品未能尽脱绮艳之风。亦工骈文。有《盈川集》。

陈子昂（659—700）

唐文学家。字伯玉，梓州射洪（今属四川）人。少任侠。文明进士。以上书论政，为武则天所赞赏，拜麟台正字，转右拾遗。敢于陈述时弊。曾随武攸宜击契丹。后解职回乡，为县令段简所诬，瘐死狱中。于诗标举汉魏风骨，强调兴寄，反对柔靡之风。所作《感遇》等诗，指斥时弊，抒写情怀，风格高昂清峻。是唐代诗歌革新的先驱，对唐诗发展颇有影响。于文也反对浮艳，重视散体。有《陈伯玉集》。

孟浩然（689—740）

唐诗人。以字行，襄州襄阳（今属湖北）人。早年隐居鹿门山。年四十，游长安，应进士不第。后为荆州从事，患疽卒。曾游历东南各地。诗与王维齐名，并称"王孟"。王维于他死后画像于郢州。其诗情怀真率，清淡幽远，长于写景，多反映游历及隐逸生活。有《孟浩然集》。

王昌龄（？—756）

唐诗人。字少伯，京兆长安（今陕西西安）人。开元进士，授校书郎，改汜水尉，再迁江宁丞。晚年贬龙标（今湖南洪江西）尉。世乱还乡，道出亳州（一作濠州），为刺史间丘晓所杀。开元、天宝间诗名甚盛，有"诗家夫子王江宁"之称。尤擅七绝，多写当时边塞军旅生活，气势雄浑，格调高昂。《从军行》七首、《出塞》二首皆有名。其宫词善写女性幽怨之情，也为世所称。原有集，已散佚，后人辑有《王昌龄集》。另有《诗格》，论诗颇多创见。

王维（约701—761）

唐诗人、画家。字摩诘，先世为太原祁县（今属山西）

人，其父迁居于蒲州（治今山西永济西南蒲州镇），遂为河东人。开元进士。官至尚书右丞，也称王右丞。中年后居蓝田辋川，亦官亦隐，生活优游。以山水诗最为后世所称。有《王右丞集》。兼通音乐，精绘画。善写破墨山水及松石，笔迹雄壮，似吴道子。北宋苏轼称他"诗中有画，画中有诗"。

李白（701—762）

唐诗人。字太白，号青莲居士。自称祖籍陇西成纪（今甘肃静宁西南），隋末其先人流寓碎叶（唐时属安西都护府，在今吉尔吉斯斯坦北部托克马克附近）。幼时随父迁居绵州昌隆（今四川江油）青莲乡。少年即显露才华，吟诗作赋，博学广览，并好击剑行侠。二十五岁离川，长期在各地漫游，饱览名山大川，对社会生活多所体验。天宝初曾因诗名供奉翰林，但不受重视，又遭权贵谗毁，年余即赐金还山，离开长安。天宝三载（744），在洛阳与杜甫结交。安史之乱中，怀着平乱的志愿，曾入永王李璘幕府，因璘败牵累，流放夜郎。中途遇赦东还。后卒于当涂。其诗表现出蔑视权贵的傲岸精神，对当时政治的腐败作了尖锐批判；对人民的疾苦表示同情；对安史叛乱势力予以斥责，讴歌维护国家统一的正义战争；又善于描绘壮丽的自然景色，表达对祖国山河的热爱。诗风雄奇豪放，想象丰富，语言流转自然，音律和谐多变。善于从民歌、神话中吸取营养和素材，构成其特有的瑰玮绚烂色彩，是屈原以来最具个性特色和浪漫精神的诗人，达到盛唐诗歌艺术的巅峰。被后人誉为"诗仙"。与杜甫齐名，世称"李杜"。《蜀道难》《行路难》《梦游天姥吟留别》《静夜思》《早发白帝城》等诗，皆为人传诵。有《李太白集》。

杜甫（712—770）

唐诗人。字子美，尝自称少陵野老。祖籍襄阳（今属湖北），自其曾祖时迁居巩县（今河南巩义西南）。杜审言之孙。自幼好学，知识渊博，颇有政治抱负。开元后期，举进士不第，漫游各地。天宝三载（744）在洛阳与李白相识。后寓居长安（今陕西西安）将近十年，生活艰困，对社会状况有较深的认识。靠献赋始得官。安禄山叛军陷长安，曾被困城中半年，后逃至凤翔，谒见肃宗，官左拾遗。长安收复后，随肃宗还京，寻出为华州司功参军。不久弃官往秦州、同谷。又移家成都，筑草堂于浣花溪上，世称浣花草堂。一度在剑南节度使严武幕中任参谋，武表为检校工部员外郎，故世称杜工部。晚年携家出蜀，病死湘江途中。一说死于耒阳。其诗大胆揭露当时社会矛盾，对穷苦人民寄以深切同情。善于选择具有普遍意义的社会题材，反映当时政治的腐败。许多优秀作品显示出唐代由开元、天宝盛世转向动荡衰微的历史过程，被称为"诗史"。在艺术上，善于运用各种诗歌形式，尤长于律诗，风格多样，而以沉郁为主；语言精练，具有高度的表达能力。继承和发展《诗经》以来注重反映社会现实的文学传统，成为中国古代诗歌艺术发展的又一高峰。与李白齐名，世称"李杜"。宋以后被尊为"诗圣"，对历代诗歌创作产生巨大影响。《兵车行》《自京赴奉先县咏怀五百字》《春望》《羌村》《北征》《三吏》《三别》《茅屋为秋风所破歌》《秋兴八首》等诗，皆为人传诵。有《杜工部集》。

孟郊（751—814）

唐诗人。字东野，湖州武康（今浙江德清）人。早年隐居嵩山。近五十岁中进士，任溧阳县尉。元和间任河南水陆转运从事。卒后友人私谥贞曜先生。与韩愈交谊颇深。其诗感伤遭遇，多寒苦之音。用字造句力避平庸浅率，追求瘦硬。与韩愈齐名，并称"韩孟"。又与贾岛齐名，有"郊寒岛瘦"之目。有《孟东野诗集》。

元稹（779—831）

唐诗人。字微之，河南（府治今河南洛阳）人，居京兆万年（今陕西西安）。早年家贫。举贞元九年（793）明经科、十九年书判拔萃科。曾任监察御史。因得罪宦官及权臣，遭到贬斥。后转而因缘宦官。官至同中书门下平章事。与白居易友善，常相唱和，世称"元白"。早期的文学观点也相近，为新乐府运动的主要作者之一。所作乐府，对当时的社会矛盾有所揭露。《遣悲怀》述夫妻之情，《连昌宫词》感怀世事变迁，皆为世所称。又多作艳诗，风行一时。李肇《唐国史补》述及当时诗坛的情况说："元和以后……学淫靡于元稹。"所作传奇《莺莺传》，后人多以为其自述经历，为《西厢记》故事所取材。有《元氏长庆集》。

贾岛（779—843）

唐诗人。字浪仙，一作阆仙，范阳（治今河北涿州）人。初落拓为僧，名无本，后还俗，屡举进士不第。曾任长江主簿，世称贾长江。官终普州司仓参军。其诗喜写荒凉枯寂之境，颇多寒苦之辞。以五律见长，注重词句锤炼，刻苦求工，"推敲"的典故即由其斟酌诗句"僧推月下门"或"僧敲月下门"而来。其诗在晚唐、宋初和南宋中叶颇有影响。与孟郊齐名，有"郊寒岛瘦"之目。有《长江集》。

白居易（772—846）

唐诗人。字乐天，晚年号香山居士。其先太原（今山西太原西南）人，后迁居下邽（今陕西渭南北）。早年家境贫困，颇历艰辛。贞元进士，授秘书省校书郎。元和年间任左拾遗及左赞善大夫。后因上表请求严缉刺死宰相武元衡的凶手，得罪贬为江州司马。长庆间任杭州刺史，宝历初任苏州刺史，后官至刑部尚书。在文学上积极倡导新乐府运动，主张"文章合为时而著，歌诗合为事而作"，强调继承《诗经》"风雅比兴"的传统和杜甫的创作精神，反对"嘲风雪，弄花草"而别无寄托的作品。早期所作讽谕诗，如《秦中吟》《新乐府》中的不少篇章，尖锐地揭发了时政弊端和社会矛盾，于民生困苦也多有反映。自遭受贬谪后，远离政治纷争，晚年尤甚，诗文多怡情悦性、流连光景之作。其诗语言通俗，相传老妪也能听懂。除讽谕诗外，长篇叙事诗《长恨歌》《琵琶行》也很有名。和元稹友谊甚笃，与之齐名，世称"元白"。晚年与刘禹锡唱和甚多，人称"刘白"。有《白氏长庆集》。

杜牧（803—852）

唐文学家。字牧之，京兆万年（今陕西西安）人。杜佑孙。大和进士，曾为江西、宣歙观察使沈传师和淮南节度使牛僧孺的幕僚，历任监察御史，黄、池、睦诸州刺史，后入为司勋员外郎，官终中书舍人。以济世之才自负，曾注曹操所定《孙子》十三篇。感于藩镇跋扈和吐蕃、回纥的攻掠，诗文多指陈讽谕时政。小诗写景抒情，多清俊生动。也有一些诗写他早年的纵酒狎妓生活。其诗在晚唐成就颇高，后人称杜甫为"老杜"，称杜牧为"小杜"。又与李商隐并称"小李杜"。亦能文，《阿房宫赋》颇有名。有《樊川文集》。